学术乃现代大学的首要原则、核心和立足之本；自由乃学术的必要条件。

大学与学术

韩水法 著

北京大学出版社

学术乃现代大学的首要原则、核心和立足之本；自由乃学术的必要条件。

图书在版编目(CIP)数据

大学与学术/韩水法著. —北京:北京大学出版社,2008.5
ISBN 978-7-301-13668-3

Ⅰ. 大… Ⅱ. 韩… Ⅲ. 高等学校－教育改革－研究－中国
Ⅳ. G649.21

中国版本图书馆 CIP 数据核字(2008)第 053221 号

书　　　　名:**大学与学术**
著作责任者:韩水法　著
策　　　划:周雁翎
责 任 编 辑:姚成龙　周志刚
标 准 书 号:ISBN 978-7-301-13668-3/G・2339
出 版 发 行:北京大学出版社
地　　　址:北京市海淀区成府路 205 号　100871
网　　　址:http://www.pup.cn　电子信箱:zyl@pup.pku.edu.cn
电　　　话:邮购部 62752015　发行部 62750672　编辑部 62767346
　　　　　　出版部 62754962
印　刷　者:三河市新世纪印务有限公司
经　销　者:新华书店
　　　　　　650 毫米×980 毫米　16 开本　12 印张　150 千字
　　　　　　2008 年 5 月第 1 版　2008 年 5 月第 1 次印刷
定　　　价:25.00 元

前　言

　　中国的大学是一件大而复杂的事情，要弄清它使人困惑令人不满遭人诟病的缘故，就要回到大学本身。

　　中国的大学与大学本身之间原来是有一段长长的距离的，而跨越这一差距的路径对许多人来说，却并不是那么清晰的，甚至也是无需清楚的。不仅如此，这件事情在不同的人眼里也呈露为殊异的现象。

　　理想主义者宣言，中国大学弊端之重令人沉痛，而所面临的危机之深刻，亦足以警醒世人奋起改革。现实—机会主义者申明，中国大学已经取得了史无前例的进步，各种宜于表扬与自我表扬的数据俱在，比如，大学在校人数与规模世界第一，博士就读人数达到世界第一也指日可待，尽管质量还令人难以满意。理想主义者认为，在现有大学制度不进行根本变革而现代大学制度建立起来之前，中国大学水平不可能得到实质性的提高，因此迫切的任务是彻底检讨现有的制度并进行根本的调整。现实—机会主义者强调，中国大学要在十年或廿年之内达到世界一流的目标，虽然它还面临许多挑战。理想主义者主张，在世界一流的目标之外，或者正是为了这一目标，中国大学必须设置自己行为的底线，大学并不是什么事情都可以做的。现实—机会主义者解释说，国情当前，并不是想做什么就可以做什么的。

　　现实—机会主义者是聪明的，于是，自然而然地就成为中国大学的主导力量；他们提出高而炫目的目标，以适合国人的愿望，按低而权宜的方式行事，以便能够与各种各样的社会境况和利益集团打成一片。理想主义者探索中国大学症结之所在，严厉地批判大学现行制度中的种种问题，主张那些似乎不合时宜的原则，其努力指向中国大学的现代化蜕变，即实现自治与学术自由，其目的不仅在于中国大学成为新思想和新知识的园地，能够与西方先进大学并驾齐驱，而且更在于人的自由发展和人类文明的提升。大学原本就在于提高人类的精神、观念和思想的境界，而绝非迁就既有的水平；迁就必定趋向同流合污。

在理想主义与现实—机会主义之外，尚有各种各样的观点、态度和主张，其中值得注意的一种观点可以名之为机械主义。持这种观点的人认为中国大学几十年内没有成为一流的可能，因为国民素质不行。国民素质一端固然超出了机械主义所能够解释的范围，但是，定量化的做法及其对象却是他们主要的并且有时还是有效的手段。他们分析各种数据，排出中国大学的名次，或者制定出以数据为根据的衡量标准，乃至计算出中国大学与世界一流大学差距的年数，比如50年、100年。不过，人们观念和心态的变化与制度的变革，以及这类演变所造成和所能造成的巨大的效果，是机械主义用定量的方法无法计算出来的。观念和制度的问题远在机械主义的视野之外。

定量化的做法让许多人很巧妙地回避了责任：有司对国家、社会和人民的责任，大学负责人对大学的责任，教师对学术和学术共同体的责任，以及他们对学生、对彼此的责任。所以，定量化的手段虽然一直遭到人们几乎一致的痛斥，一些人却又乐此不疲地反复使出此招，以为撒手锏，虽不能制胜，却足以奏效。比如，在平常的口气里，大学排名是很为大学中人所不屑的，但是无论为招生宣传，还是为政绩表功，靠前的名次，比如前十名之类，却都是可以很体面地树起来向人夸耀的招牌。而在职称晋升之际，著作的部数、文章的篇数、奖励的项数，通常是评价和判断的主要根据。公开地评定论文或著作的学术水平和质量，则往往成了吃力不讨好的事情，而数数文章、著作的多少，却要便宜得多，而且仿佛也硬气得多。情况是否在这里被简化到了荒唐的地步？尽管事情并非一律如此，但在许多时候，人们对此只是司空见惯而已；而仔细一想，才会生出反思的荒谬感来。

定量的手段通常是现实—机会主义者的拿手好戏，但是现实—机会主义并不是机械的，这一点人们在考察中国大学时是要记在心头的。因为有许许多多确实需要准确地计算各种量的事情，人们反而是不会去做的。比如，师生比是人们乐意采用的一个定量分析和判断的工具。但是，大学中的一位教师，或者更仔细一些，不同学术领域承担不同任务的教师，究竟需要多少时间去从事研究、教学和其他服务性工作，或者他们事实上有多少时间去做这些事情，这是任何一个大学都拿不出来的数据。这就是说，事实上，大学对一个教师的实际的工作量，并没有经过什么科学的分析和研究，而通常是靠拍脑袋来决定的。否则，人们就难以解释，一个又一个的评估，一个又一个只具有形式意义的程序[①]，一份又一份的表格，会不断地压向教师；与此同时，又要求他们做出高水平的学术成果来——无论是形式上要求，还是实际上的要求，情况都是一样。任何一项额外的工作，都会侵占教师从事研究和教学的时间，这应该是定量分析无法更动的前提吧？

不过，倘若你对定量分析和判断当起真来，那么你就会陷入国情的五里雾中，处处摸不着头脑。

因此，对现实—机会主义者来说，定量手段只是一种方便的法门，而并不是达成大学目标的合理方法。这样的权宜之计，虽然并非取之不尽，却也是用之不竭的，因为在这样一种境域之中，事实上，一切都是可以定量化的，从意识形态的观念、道德水准的提高到管理人员的水平，靡无所遗。前者可以化为若干次数的行动，中者可以化为多少次的好人好事，后者可以化为若干人数的高级、中级职称。至于它们对现代大学的原则或他们所树立的目标是否合理而且有效，则是次要的，是需要他人考虑的事情。或者更进一步，这些数据之间究竟有什么样的内在联系，而后者

---

① 参见本书 132 页。又如现在正在推行的本科教学评估为教师增加了无数额外的工作量，像其中所谓本科论文答辩，如果要认真付诸实行，大学教师半年之内就不用再做其他事情了，或者换言之，大学教师一年的时间刚够从事各种答辩。

对人的创造性的发挥，对人的自由发展有多大的意义，则大概是少有人能够说得清楚的。比如，中国大学每年毕业的博士数量与增长速度，与中国主要大学和研究机构表功时始终强调的其人员中的海归博士人数，与政府不断出台的优待留学归国人员，乃至以特权为代价引进国外留学人才的政策之间，究竟有一种什么样的关系？这也是许多人不想面对、不敢面对、不能面对的事情。不过，令人惊奇却也让人郁闷的是，不断增长的毕业博士人数，与不断增长的海归博士人数，不断强化的海归博士待遇，却都是现实—机会主义可以拿出手来的成绩，而且都是能够以定量的形式表现出来的。

诚然，定量分析是确实重要而有用的，因为它能够表明某些事实，揭示出某些隐含的东西——倘若人们对这些数据之间的关系进行深入的分析的话。但是，在现实—机会主义者和机械主义者那里，为什么是在15年或20年内达到世界一流的水平，而不是更长或更短的时间？这从那些足以表功的数据之中永远是看不出名堂来的。事实上，有司们虽然制订了这样的目标，也排定了15或20的年限，不过对此怀疑最深的或许正是他们。[①] 比如，现在一项花费巨资为中国培养20年后的大学骨干教师的公派留学工程又启动了；而大约有近10所大学宣称要在20年左右的时间内达到世界一流水平。那么这两者之间究竟是一种什么样的关系呢？在20年后，在中国有了近10所世界一流大学的情况下，中国大学的骨干教师还有必要由国外大学来培养吗？理由何在？明确的数字是有的，但理由却付之阙如。

在这种情况下，人们不妨追问一句：现实—机会主义者对中国大学的前景是否有信心？或者是否至少有那么一点儿信心？他们强调中国特色，却常常是为了消除和排斥大学中各种可能的以及现实的中国特色而努力的人；中国人的创造性是现在与未来中国特色的真正的根源，而学术自由、通识教育、独立的人格和精神正是原创性所必不可少的条件。在中国社会里，主张用英语教

---

① 参见《人民日报》2006年11月28日第2版相关报道。

学与抗拒学术自由的人，反对中国大学自主的人与强调中国大学的优秀人才要由西方大学来培养的人，往往就是同一批人。这就是发生在中国大学这个生活世界里面最为吊诡的现象。

这同时也是中国大学欣欣向荣的局面中的一个部分：它的矛盾，它那极其深刻的自相矛盾就是如此明显地展示在那里。然而，人们却愿意继续在这种矛盾中生活，不厌其烦，而颇有乐不思蜀之心态。

原因何在？是缺乏研究吗？几乎每一所大学都有研究高等教育的机构，而高等教育研究的正式出版物的数量之多更是哲学专业杂志所远不能望其项背的。是缺乏交流吗？中国大学的各级负责人访问西方大学的频度不亚于西方的同行，更何况有许多负责人直接就是西方大学毕业出来的博士，或者至少是在那里进修过的。诸如此类的问题还可以列出长长的一串。

那么关键点在哪里？这是从上到下都在追问的问题。多年以来，人们已经不惮于将中国大学的问题一一罗列出来，加以挞伐。作为明证，大凡人们批评现行中国大学之时，都会指出关键的原因在于制度。

然而，仅仅指出这一点却是不够的，因为制度原本就是分为许多层面的，并且在今天作为庞然大物的大学，在结构上是由无数的制度组合而成的。倘若人们不回到大学本身，那么一些制度即使被认识得相当清楚，设计得极其精妙，都不可能真正发挥其对于大学的作用。这里就用得上一句中国的成语：纲举目张。没有现代大学的根本原则来统率，那些大大小小的制度，以及那些国人以"大楼"指称的各种物质条件，都无法来成就大学的事业。宏伟的大楼可以用来办电子集市，壮丽的会堂可以出租给公司或各种五花八门的机构来办形形色色的发布会。

不仅如此，倘若人们对于现代大学的原则没有明确的认识，或者即便认识到了也根本不打算实行这样的原则，那么一些精心设计出来的制度非常可能刚好成为妨碍乃至损害大学实现自身目的的安排。

因此，寻找中国大学问题的症结，必须深入它的根本原因，这就是现代大学原则付之阙如。没有一所中国大学将学术树立为第一原则，也没有一所大学提出"为学术而学术"的口号；这条原则得以实现的根本条件即大学的自治，提倡而呼吁者也属寥寥。

这里自然有认识上的原因，人们无法认识到这条简单的原则却是那些一流大学之所以雄踞世界学术之巅的根本原因。现代大学原则在中国的缺失有其意识形态的因素："为学术而学术"长期以来被批判为资产阶级的观点，虽然今天人们在实际上不再理会意识形态的理由，但它虽死犹生的徘徊却不断在现实中激起人们的心灵中的历史阴影。

还有人们信念上的原因。现实—机会主义风行于世有年，而对一切事情都无所谓的犬儒主义也同时影响人们的心理。在这样一些心态之下，人们即便对那些原则有了充分的认识，也会缺乏行动的意志和决心。对大学的批评几年以来也几乎成了老生常谈了。人们已经说得很多，而在基本的层面行事依然是老方一帖。令人可怕的一点是，尽管有批评、有质问、有大声疾呼，人们却依然没有多大的意愿去改革那些明显不合理的、自相矛盾，乃至显然有害的制度。相反，人们更多的却是优游于这些不合理的制度之上，伺机达到自己的目的。

怎么会这样子？这里自然存在着更为深刻的原因。对那些显然有悖于现代大学原则的制度，始终有人予以全力的维护。这就如当年基督教维护"地心说"一样，要使这个与那时人们已经获得的观察资料、科学知识明显不符的学说站得住脚，就需要假设一大堆既无观察证明又有理论矛盾的前提。为了维持这个学说的最低限度的说服力，人们就要努力把科学观点、凭空捏造和宗教信仰混合起来。为什么？因为这个学说当时事关一个体系的整体，一个巨大的利益集团。否认了"地心说"，在当时就意谓否定了基督教学说的正当性。人们可以批评"地心说"的缺点，而出发点只能是为了修补这个学说。在这一点上，当时从这个制度得益的人甚至比因这个制度受害的人看得更为清楚。

因此，中国大学的问题并不是单单大学自身的问题，而是整个社会的问题。中国大学的改革并非只是大学制度的改革，而是整个政治制度改革的一个部分。大学问题就是一个政治问题。

回到大学本身，是中国大学发展的必由之路，而其前导必然是中国社会的政治改革。

收录在这个文集中的文字，就是从中国大学的种种现象之中寻找回到大学本身之路的一些探索的记录。这些文字因此也可以命名为"回到大学本身"。

从下笔写第一篇关于大学问题的文章至今，已有十余年的时间了。这些年来不知不觉中积下近 20 篇的文字。其中若干篇文章是在不同年份或从不角度写就的，而内容有许多相同之处，就择一而收入集中。刊入这个集中的 12 篇文章及 2 篇访谈，表达了我关于大学观念和原则的想法，以及关于中国大学改革的观点，它们自然也表明了我关于大学问题思考的过程、路数和重点。

为什么会研究大学问题？"大凡物不得其平则鸣"，"人之于言也亦然。有不得已者而后言"。（韩愈《送孟东野序》）在中国大学里面厮混过的人，未遭遇不平之事者，鲜矣。我们的大学一直在不正常的状态中发展和演变，各种因素纠缠在一起，历史的与现实的、政治的与经济的、国内与的国外的、个人的与社会的，要理出不平之事究竟是出于个人的性格、民族的本性，还是缘于制度的不合理，似乎不是一件容易的事。批评者也众，但在入乎其内的同时，也要出乎其外，对大学达成一个整体、客观和深入的理解和认识，却事关专门的研究。不过，我在哲学、历史和社会理论等领域的专业知识和相关训练，让我有可能在研究一开始就去探讨事情背后的那些本质性或根本性的东西。这种探索通常就是一发而不可收的。

第一篇文章写成后，起初没有一家杂志愿意发表，因为其中所要表达的观点在当时的中国被人看作太不现实，甚而几至于不可思议。最后，一家杂志的主编认真地说，想法虽然好，但在中国是不可能实现的；不过文章还是可以发的。这些文章是否有用，究竟发生了多大的影响？这确实是一个问题。在 2005 年 9 月 24 日中国计算机学会青年计算机科技论坛所举办的"高校教改路在何方？"论坛上我做报告时，还有专家特意提问："你关于大学改革的文章起了什么样的作用?"

毫无疑问,这个问题实际上具有一般的意义:它并非仅仅针对我的文章,而是在追问那些直面中国大学问题而直言改革的文章的意义,从而是追问专业性的公共言论和舆论的一般意义。

起初我抱着这样一个信念,即中国有充分的条件和理由建设起现代大学体系,我们有足够的人才资源,教育是我们文明的核心因素,而且政府也将教育——包括大学教育——放在一个极高的位置。因此,我简单地以为中国大学的问题,乃是观念的问题,有司对现代大学制度和原则了解不够,不知如何来选择道路,因此也就是方法问题。这样,最初的关注之点就在于具体的建议,比如如何改善大学内部的微观制度。

然而,这个想法实在是太过简单。无论是研究还是经验最终都让我明白,就如前面所说的那样,中国大学问题有其更为深刻的原因。在这十余年间,中国大学发展与建设的目标定位越来越高,经费的投入也越来越巨,大学的规模也越来越大。大学也确实发生了积极的变化。大学内外体制也进行了一些局部合理的改革。然而,所有这些改革始终徘徊在那个根本变革的门前,大学和大学的人数可以漫山遍野,但其水平和质量却始终差强人意。同时,大学改革也并非都是正面的,非合理化的发展趋势时起时兴,相对于那些局部合理的改革,后者挟政府而令大学,或有更大的气势,更有全局性的影响。①

十余年来,从黎民到首揆都在不断地追问:中国大学为什么

---

① 中国大学切实面临的危机:给所有大学的本科教育强加某种统一的标准,并且正在把这种统一标准扩展到研究生教育上面。这类标准即便本身是合理的,也必然会导致不合理,更何况这些标准原本就是不合理的。所以,这样的做法就是用统一的不合理的标准,来抑制大学的个性化和多样化发展,而这直接就是抑制创造性的发生。这里可以引用弗里德曼的一段话来做进一步的注释:"政府永远做不到像个人行动那样的多样化和差异的行动。在任何时候,通过对房屋或营养或衣着的统一的标准,政府无疑地可以提高许多人的生活水平;而通过对学校教育、公路建筑或卫生设备设置统一的标准,中央政府能无疑地改进很多地区,甚至平均说来所有地区的工作水平。但是,在上述过程中,政府会用停滞代替进步;它会以统一的平庸状态来代替明天的后进超过今天的中游那个试验所必需的多样性。"(参见弗里德曼,《资本主义与自由》,北京:商务印书馆,2002年,第7页。)

不能够成为原创性的思想和知识的渊薮，而沦为平庸的乐园？[①]
对于首揆的质问，我们很可以来回顾一下洪堡在二百多年前的一
段话并从中体会到答案："国家决不应指望大学同政府的眼前利益
直接联系起来；却应相信大学若能完成它们的真正使命，则不仅
能为政府眼前的任务服务而已，还会使大学在学术上不断地提高，
从而不断地开创更广阔的事业基地，并且使人力物力得以发挥更
大的功用，其成效是远非政府近前布置所能意料的。"[②]

　　只要能够秉具理智的诚实，找到一个清楚而合理的答案并不
是一件难事。要解决这些问题，中国大学就必须成为完全的自为
者，即一种完全意义上的法人，这就是大学的自治。这是一个无
可避免的趋势。在市场经济的整体环境之下，大学保持为政府部
门的下属机构，无非就是走向穷途，在学术上是如此，在财政上
亦复如此。[③]

　　然而，这里的要害在于，先进的大学体系，或者更高的目标，
世界一流大学，固然是许多人都想要的。但是，对于那些特殊利
益集团来说就有这样一个博弈：如果能够在不损害他们利益的情
况下达到世界一流的水平，那么世界一流就是一个好东西；但是
如果为了达到世界一流而要进行的制度改革会危及或损害到他们
的特殊利益，那么他们自然就会将自己的特殊利益作为第一选择，
而将世界一流大学的目的、中华民族的伟大复兴和人类文明的前
景放在次要的位置。这就是中国特色。一些人之所以在中国大学
的现状中流连忘返，个中缘由就在于此。现实—机会主义之所以

[①]　参见前面第 4 页所引《人民日报》的报道。

[②]　参见本书第 19 页。

[③]　参见 2007 年 3 月 12 日 "新华网" 报道《质疑高校负债办学风：大学贷款扩校办学能
走多远？》。一些人一如既往地提出一些治标不治本的建议，寄希望于行政的干预。然而，在市
场经济的环境里，现行大学的特殊身份和地位就必然会产生出这些结果来，并且那些问题在现
行的制度之下是无法解决的。大学的自主，大学的竞争，大学必须讲究管理、讲究效率，大学
必须自筹经费，并不等于大学的商业化。商业是一种谋利行为，而大学始终不可能成为一种营
利机构。将两者混淆，是一种流行的误解。事实上，现在的大学既不独立，也没有真正意义上
的大学之间的竞争，但学费暴涨之类的事件照样层出不穷。在某些方面，现在的大学独立性远
远小于改革初期的企业，而在另一方面大学又仿佛是一个无主的机构，因为事实上很难追寻
到某个对大学真正负责的人或机构。就此而论，中国大学已经成为两种制度积弊混合而成的一
个怪物：计划经济式的行政部门的下属机构与市场经济中的谋利者。

奏效的基本原因也在于此。

　　这样，自然而然地就达到了前面已经点明的那个结论，即中国大学改革从根本上来说乃是一项政治改革，因此，没有政治改革的前导，或者没有至少在大学制度上面的某种政治改革，世界一流的水平是无法达到的，而这意味着中国人在观念、精神和知识的领域无法与西方社会并驾前驱。就如我在多篇文章里所说到的那样，一个民族的大学水平有多高，这个民族的精神境界就有多高，而一个民族的精神境界有多高，那么这个民族的水平就有多高。

　　这些文字的结集意味着我关于大学研究要告一个段落。从大学本身，我要回到中国问题的本身，以及某些人类问题的本身。思想的劳作就是不断地探讨问题的本身。人们关于思想的探讨并非一定是理想主义的，然而关于中国大学的研究，这样的态度却是必不可少的，一切现实—机会主义的、犬儒主义的和悲观主义的态度大概是不会让人去费心从事这项困难而冒险的工作的。

　　这些文字最终至少葆有"勿谓言之不预也"的意义，但读者可以判断：它们的指向确实是在那些伟大的目标。

2008 年 3 月写就于北京魏公村听风阁

目 录

观 念 篇

制 度 篇

访 谈 篇

观念篇

批判的人文主义与大学观念^①

　　当人文主义与大学结合在一起而成为一个论述题目的时候，不仅人文主义而且大学都成了哲学问题。本文的视野在这里是开放的，人文主义从开辟鸿蒙的人文初念直到批判的人文主义都来眼底，于是，大学在本来的意义上乃是人文精神的制度化和人文主义的机构，这一层意思就不免豁然开朗。大学原本是人文主义的一种体现，然而现在当人文主义被人们一而再、再而三地当作呼吁、要求、原则和精神而提出来的时候，人文主义却反而成了大学的一个问题。20世纪晚期以降，大学与人文主义的关系渐成一个世界性的问题，而在中国它首先并且主要地保持为一个话题。人们的关切所在常常是大学校园之内人文主义的衰落和人文精神的缺失，因此讼争的焦点就集中于大学是否需要人文主义和人文精神。争论的结果却是令人啼笑皆非的一边倒。一方面，固然几乎所有人都认为，大学需要人文精神，即便那些最非人文主义的一族也为此振臂高呼，另一方面，几乎所有人都同样看到，人文主义仍在继续衰落，人们，甚至包括似乎诚心召唤人文精神的人仍然在自觉或不自觉地排斥人文主义，用技术主义，用市场的目的—合理主义来压迫人文主义。这里问题的症结之一在于，事实上，大学是无法脱离人文主义而自立的，如果大学不想沦落为职业培训所和文凭加工场，或者企业的技术研发部，那么即使在

---

①　本文曾发表于《哲学门》第 4 卷（2003 年）。

"工农兵上管改"的时代大学也仍旧葆有那么一点人文精神。因此，诚然人文主义在大学的衰落看起来已经成为一个世界性的难题，问题的关键依旧不在于，大学是否需要人文主义和人文精神，而是在于，在什么意义上，大学只能是人文主义的机构？在此基础上，需要进一步追溯和探索的问题是，大学如何滥觞于人文主义？现代大学如何经由人文主义陶铸成型？而对这些问题的回答又自然而然地会导出如下的问题：在面对人类应当如何生存这个基本问题时，今天以及未来的大学需要什么样的人文主义？何种程度的人文主义？因此，本文除了阐述大学观念的人文主义维度外，尚要探讨人文主义与理性主义在大学观念里的分野和交汇，从而揭示批判的人文主义不仅反对技术主义、实用主义和市场的目的—合理主义——这些与理性主义也都是扞格不入的，而且超越新人文主义。于是，人文主义在被重新诠释之际就崭露出新的境界。

大学的人文主义渊源

一切教育的原初目的就在于人的陶育，其积极的意义和成果就是通过一定的襄赞制度而达到个人能力的发展和价值观念的形成。大学属于高等教育，是现代的产物，然而其雏形可追溯到人类教育发端之初。从有文献可证的古代教育史之中，人们便可以看到，高等教育主要在教学方式和教学原则上区别于初等和中等教育，因为在高等教育阶段，受教育者是一个完全的自为者，这就是说他必须通过完全自主的研究性工作——自然这种研究还包括道德或宗教方面的修习——而完成学业。人类文字文明之初的高等教育的课程内容，无论东方还是西方都有共同的指向：在中国它们主要包括经典文献、历史、政事和道德思想等科目，而医学、律学、算学、书学等等①的重要性就要薄弱许多。在古埃及可以归入高等教育的科目包括伦理学、法律、语言文学和音乐，以及数学、天文和测量等等，道德教育在这里同样占有核心的地位；而据记载，当时学生的学习方式与现代大学和研究生院相近似。② 深受古埃及文化影响的古希腊人如哲学家柏拉图创办了具有现代大学基本功能的学园，以传授知识，进行学术研究，为统治者提供政治咨询和培养政治、文化等方面的精英人才。③ 在柏拉图式的学园里，教师和学生以极其自由的问答方式一起研究和学习从哲学、数学到物理学和天文学等诸方面的学问，但这些研究至少在柏拉图时代都是围绕着理念论尤其是善的理念而展开的。

中国古代的高等教育与古希腊的高等教育在人的能力包括道德能力的陶育上面的区别在于，前者注重内在的修养和践行以陶铸人，而后者更注重追求外在、普遍而绝对的东西并以此来塑造人。古希腊这种教育的特点发源于其形而上学和数学、天文学和物理学的传统，而这种传统及其教育的特点又受到古埃及文化的影响。诸种发展程度相若的异质文明之间的交通对希腊的教育具有举足轻重的影响，它之成为现代西方大学教育的渊源以及现代西方大学的发展，也在相当大的程度上得益于这一点；而这正是中国文明几千年来所最为缺乏的东西，中国传统教育的片面性可以而且应当追溯到这一点。然而这里值得注意的一个共同点就是，无论在古代中国，还是在古希腊，高等教育都是在一种自由的甚至自然的状态中进行的，教学的方式以问答和讨论为主，而教学组织则是一种自由加入的团体，对学生来说尤其如此；游学这种当时艰辛今天看起来浪漫的方式就是那种自由学习的最生动的写照，而因材施教的重要原则也只有在师生之间可以直接讨论的教学相长的环境中才可能产生。

---

① 李桂林：《中国教育史》，上海教育出版社1989年版，第118、152等页。
② 古代埃及新王国时期（公元前1580—前1085）的一些寺庙开始从事高深学术的研究和高深专业人才的培养，如海立欧普大寺（Helioplis），即日神大寺。犹太的摩西，希腊政治家梭伦、哲学家泰利斯和柏拉图都曾来此地游学，因此它对西方早期高等教育产生了深远的影响，参见贺国庆著《德国和美国大学发达史》，人民教育出版社，1998年，第1页。
③ 柏拉图于公元前387年在雅典创办了或许是世界上最早的综合性学院（Academy）。

人文在中国传统思想里面的本义乃是文明的意思，其所指主要是人类的合理的生活方式、社会制度和人伦关系，前者如饮食衣服居室等等；其次涉及国家治理的理想与规范，后者则包括人的政治、宗法、社会和个人修养等若干方面。儒家作为中国人文思想的主流，将人文制度的完善之途寄托在个人的品格修养之上，如果我们把儒家有关社会伦理的理想先搁置不论，那么这里所剥离出来的是一种个人主义式的人文主义观念。但是，中国传统思想的人文诠释并非仅限于儒家一派，至少先秦的诸家为人文的意义提供了其他的视野，像庄子所表达的那种恣意汪洋而张扬个性的思想，与像孟子那样注重个人意志锻炼和品格养成的思想，对以个人能力的充分发展和独立精神的确立为基点的人文主义来说，都同样是极具价值的观念因素。本文所谓的人文主义毫无疑义包括中国传统的诠释在内，不过，这里所取的是其重视个人能力的全面发展和道德修养的那个层面。

高等教育滥觞时期教学方式和内容以及人们加入那种教育团体的自由，揭示了大学教育的素朴的本来意义：人们参与此种教育的目的主要是为着陶冶自身和追求知识，后者在当时的基本意义也就是找到某种可以效法和追随的外在的法则和美德；师生在知识面前是平等的，教学的方式是相当自然而无拘束的。职业和谋生的压力大概可以排除在接受高等教育的动机之外，但是这并不意味着当时所学习和研究的知识没有实用的价值，或者这种学习和研究没有任何实用的目的。相反，在各种生活资源都极为匮乏的人类文明早期，由于能够接受此种高等教育的只是社会中的极少数人，他们对社会所承担的责任，无论是内在的责任，还是外在的责任，应当远远大于他们今天的同类。

早期高等教育中体现出来的这些基本精神成为初创时期大学的精神。但是，在欧洲出现的大学形式并非早期高等教育形式的自然发展的结果，而是当时新的文化潮流、新的社会制度共同作用之下的新生事物，或者准确地说，自古就存在而几经中断的高等教育以一种全新的形式复活了。这个新型的学术团体的组织、管理乃至目的等等方面，都受到欧洲中世纪的城市和行会这两种社会制度的极大影响，而其初期的教学和研究的内容更是直接贴近当时精神文化和现世生活的需要。大学从其正式诞生到现在可以简略地分为两个时期，即古典大学时期和现代大学时期，其分界线就是 1810 年柏林大学的建立，而上限可以追溯到意大利的萨莱诺（Salerno）大学（约 11 世纪）和波洛尼亚（Bologna）大学（1158 年），以及巴黎大学（1180 年）。大学初创时期和古典前期所建立的主要制度奠定了人文主义和理性主义在大学之中合理——这种合理尽管稍嫌微弱——的地位，大学所获得的政治和法律的特权则保证大学的独立性，而独立性正是大学的人文主义和理性主义所必不可少的前提。

大学出现的直接原因是当时的社会环境已经允许热爱学术甚至献身于学术的学者走出教会而结成自由的团体，而且他们发现了足以让他们倾心学习和研究的内容。大约自 11 世纪起，欧洲，首先是意大利，由于封建制度的建立，经济复苏，城市又恢复了活力，一些从事学术研究和教学的教会人士不仅在不同的教会学校之间流动，而且也聚集了一些较为固定的同道，拥有自己的学生和追随者。他们在一起探讨哲学、神学、拜占庭的希腊学术、修辞学等。这样，他们慢慢地就形成了自发的学术团体。这种学术团体从其研究和教学的形式上来看，可能更接近古希腊的学园。当时在意大利通行的行会制度促使这类团体发展成为大学的形式。这些由师生组成的自发的学术团体为了保护自己的利益，也组织为学术行会。拉丁文"universitas"（大学）一词便是"行会"的意思，后来竟为"大学"一意所独占了，这有点像"master"原本是加入行会的师傅的称呼，后来演变为大学教师的学衔，又继而演变为一级学位的名称一样。

初期大学的特权和自治权有着不同的来源，但大都来自教会或国家的授予和承认。比如，1231 年，当时的教皇谕令赋予巴黎大学以自治权——这可以说是欧洲大学自治权得到正式承认的历史开端。一般而言，早期大学具有的特权有如下几个方面：

第一，大学内部自治的权利，这个权利具有相当广泛的意义和积极的作用。

第二，自由讲学、游学的权利。1158 年，意大利国王颁布了一个法令，特许波洛尼亚大学的神学和法学教授以及为学问而游历的学生，可以前往各地，保证其人身安全。

第三，独立审判权。大学自设法庭，教师和学生与外人发生法律纠纷时，不受城市法庭或教会法庭管辖，而由大学法庭审理。

第四，赋税与兵役的豁免权，它的主体不仅包括教师和学生，而且覆盖职员、校役人等。

第五，学位授予、讲演、罢教和迁校等的权利。[①]

大学自治的另一个重要的也是当然的条件，就是由大学自己决定大学的领导和管理方式。在早期欧洲大学，一般而言，有"学生大学"和"教师大学"两种类型。波洛尼亚实行"学生大学"的形式：每个学生都有投票权，以决定教授的聘任、学费、学期和课时等。巴黎大学实行"教师大学"的方式：教师和学者组成行会，每个教师有权来选举校长和参与学校事务的管理。

我们看到，大学在其早期所具有的这些特权，几乎与欧洲特有的自由城市的自治权相似，等于一个半独立的国家的自治权。当然，这种自治权在不同地区和不同大学那里的分布是不均衡的，就是说，自治权会因财政来源、所在地区等因素而有所限制。但是，大学自治却是大学的根本性质，它与大学仿佛是一而二，二而一的东西。自由城市是现代资本主义兴起的温床，而大学的自治权是大学发展从而现代学术发展的必不可少的条件。

这里值得注意的一点是，大学的这种特权和独立性不仅为大学的人文主义和理性主义提供了庇护，而且它同时就成为人文主义的一个重要因素。大学的特权和独立性使其具有自由发展的空间，从而使不同的大学形成不同的风格和模式。这一点从理论上来说构成了大学自我发展和完善的自主的动力。

在大学的古典时期，除了大学的特权和独立性之外，大学之中最为明显的人文精神体现在人文学科的基础地位。欧洲早期的

---

① 参见：《德国和美国大学发达史》，第 11 页，袁锐锷：《外国教育管理史教程》，广州：广东高等教育出版社，1998 年，第 32—33 页，佛罗斯特：《西方教育的历史和哲学基础》，北京：华夏出版社，1987 年，第 158—169 页。

大学一部分由人文学者的行会发展而来，另一部分则从既有的专科学校发展而来。如，萨莱诺大学的前身是一所医学学校，然而这里不仅汇聚了许多医术高超的医生，而且还有专门从事古希腊和阿拉伯医学著作研究并将其译为拉丁文的学者，它不仅发展成为欧洲最早的医科大学，而且也是"希腊、罗马、阿拉伯和犹太文化的聚集所"①。波洛尼亚大学的前身是一所法律学校，以研究古代罗马法而著称。法国的巴黎大学虽然从巴黎圣母院大教堂学校发展而来，且以神学为主科，但也与以上两所大学一样，以七艺为基础学科。

大学在古典时期逐渐形成了文学（哲学）、法学、医学、神学四大主科，或者如通常所说的四大学院。人文学科是大学的基础学科，不过，在大学古典时期的相当长的一段时间内，神学实际上占据了主导地位。大学早期的领导者或者著名代表主要是从事这两个领域研究的人物，比如在巴黎大学，12世纪初的经院哲学家、实在论者威廉（Willian of Champeaux），经院哲学家、唯名论者阿伯拉尔（Pierre Abelard）曾先后在此主持讲座或任校长，从而使学校声誉大增。

在这个时期，大学教育内容发生了两个重要的变化，第一，哲学院或文学院在大学的地位日趋下降，成为大学之中排位最末的一个学院。大学各学科或学院之间的重要性之争是大学里永远不息的争论。我们知道，哲学家康德在18世纪末还专门写过《学院之争》的论文来讨论各个学科之间的重要性。康德当然是为地位日降的哲学学院辩护，他强调人们无法取消哲学学科，因为人们无法让理性缄默不语。第二，今天构成自然科学、社会科学和人文学科的那些学科逐渐从哲学中分化出来。17世纪之后，哲学院或文学院课程已经包括逻辑学、形而上学、伦理学等三个基础学科，以及心理学、自然法、政治、物理学、自然史、纯数学和应用数学、历史及其辅助学科如地理古文书学、科学、艺术、古代语言和现代语言等其他学科。在西方，至今有许多自然科学基

---

① 《德国和美国大学发达史》，第9页。

础学科的博士学位仍冠以哲学的名号，其历史渊源就在这里。

从最初的高等教育到古典大学的形成和发展，我们看到，高等教育起源于人类自由地追求知识和道德修养的朴素要求，因此这种教育从本质上来说是出于个人纯粹的学术兴趣，外在的甚至某种程度的强制因素或许是存在的，但却没有充分的史料证明它们已经达到强制受教育者而使之成为某种特定类型的人的程度，而像孔子授徒和柏拉图学园这样的事件却树立了人文主义教育的范例。大学在中世纪复兴时期的降生使人文主义多了一层新的意义，这就是重视人的现实生活，人文主义为此就新增了一个维度，即与神和来世相对立的现世的一切，而这也就导致了人文主义这个术语的产生。这样一个维度在当时具有重大的理论的和实际的意义，并且一般而言即便在今天也加深了人们对人文主义的理解。但是，相对于早期高等教育来说，这样一个维度又是以人类社会的倒退为代价的，而且这种维度本身也是一种倒退。

文艺复兴哲学史家克利斯指出，"要在经院哲学和神学的传统中发现文艺复兴人文主义的中世纪前提是不可能的，相反，却应在处于中世纪文明习惯画面的边缘位置上其他三个传统中去找到它们。这三个传统是：意大利的实用修辞学、法国的语法和诗歌以及拜占庭的希腊学术。"① 对于实用的人文技艺而非神学教条的兴趣和研究，这是人文主义的渊薮，而效仿古典艺术，尤其是古希腊的造型艺术，吟唱拉丁诗歌而体会其中对于生活和人生之乐的坦然享受，同样也是人文主义的渊薮②。由此，人们便可以看到人文主义的意义乃至这个名词本身的演变。人文主义在 19 世纪被创造出来时，西方学者一般用来指称欧洲 14 世纪至 16 世纪提倡人性和人的爱以反对以神为中心的宗教神学及其禁欲主义。但是，它来源于 15 世纪的人文学科一词，而当时所谓的人文主义者（humanista），就是指在大学内外研究人文学科的教师和学生，也就是那些掌握了人文学科五个科目的技艺的人，这五个科目是语

---

① 克利斯特勒：《意大利文艺复兴时期八个哲学家》，上海译文出版社，1987 年，第197—198 页。

② 布克哈特：《意大利文艺复兴时期的文化》，商务印书馆，1988 年，第 168 页。

法、修辞、诗歌、历史和道德哲学。

显然，笔者这里所谓的人文主义无论在意义上还是就历史而言都远远超出前面所提及的意义，其重点在于个人的自由、全面发展上面，这样一种发展无疑是现世的，并且始终受到特定时期的社会、文化、经济和政治条件的限制。早期高等教育和大学之所以可以说是发源于人文主义精神，乃是因为它们主要是为了人自由地追求知识和德性修养而出现和建立起来的机构和制度，人们组织起来传授、学习和研究古典文献、历史、政治、伦理、数学、天文学甚至神学，主要出于求知和提高自身这样一些单纯的目的，或者寻求社会的美德和完善的秩序、追溯世界的根本这样一些宏大的目标。它们所采用的方式和制度也符合自由的、平等讨论的原则和批判性的精神。

毫无疑问，早期高等教育和大学同时也有其理性主义的根源，学术、知识和道德规范在人类早期的理解之中，都包含着形而上学的东西，某种普遍而必然的法则。因此，在这里，人文主义和理性主义就是共生的东西，人类自由发展的精神和求知欲导致某种普遍的东西和形而上学的东西的发现。随后，这种普遍的和形而上学的东西由于迎合人们的需要或经得起理智的批判，被采用来规范社会和个人，这就对大学提出了新的要求。而这种要求会而且事实上已经对大学的人文主义精神产生了反作用；并且，当大学随着发展越来越正规和制度化之后，这种反作用就越来越大。形而上学的追求如果限制在一个封闭的思路内就会成为独断的教条，某种知识或道德戒条就会被指定为最终的真理，从而反过来限制人的自由发展，包括自由的学术研究、自由的思想，以及对道德规范的反思和批评。大学在逐渐演变为制度性的机构之后，并且随着基督教和统治者两种的权力的不断介入，就会由求知的自由园地而成为培养或训练千篇一律的人员的单位。大学在古典后期的发展说明，以任何具体的教条为大学的最高原则和以任何特定的结果为大学的最终目标，大学就会失去其赖以存在和发展的活力与动力。

新人文主义与现代大学原则

大学教育对人类社会的结构和制度产生着潜移默化而意义深远的影响。相对于早期高等教育而言，大学成为权威的教学团体，它不仅因享有特权而保持高度的独立性，并且成为人类知识保存、传播、发展和创新的固定场所，而且它为社会培养公认的各个领域的精英。于是，大学里面所产生、孕育和激发的观念通过这个途经而成为社会的主流思想。在欧洲，从 12 世纪到 18 世纪末，大学虽然发展缓慢，但大学和大学生的数量都在不断地增长，大学也逐渐从欧洲发展到其他地区。欧洲的社会精英，尤其是管理阶层和学者，越来越多地是由大学培养出来的。欧洲的大学从一开始就是国际性的，它们促进了不同大学和地区之间的知识和智力的交流。

大学在促进社会发展、科学进步和思想自由方面发挥了重大的作用。然而与此同时，尤其在 18 世纪，古典形式的大学也愈益明显地在走向衰落，这在英法两国表现得尤其突出。这种颓势的最根本原因就是它那陈旧的形式和体制已经与飞速发展并正在经受变革的社会不相适应。第一，大学虽然自治，但在欧洲直到 18 世纪，整个社会的思想是在基督教神学的支配之下，大学自然也无法完全冲破教会控制的罗网，与此相关，经院主义的方法窒息了大学的教学和研究；第二，大学的自治在这样一个前提下带来了消极的作用：大学成了一个自我封闭而脱离社会的组织，不适应社会、科学和思想发展的要求；第三，学术研究，尤其是科学研究在大学根本不受重视；第四，大学内部管理混乱。在这种情况之下，英、德、法三国都在酝酿大学制度改革。法国人以他们特有的风格做出了极端的举动，于 1793 年取消了所有的大学，1804 年拿破仑下令建立"帝国大学"，并且提出高等教育必须遵守的三原则，即"忠于皇帝，忠于帝国政策和遵守天主教教条"。

帝国大学并不是一所大学，而是一个教育行政机关。法国大学的改革实际上是一个大倒退，从巴黎大学建立起来的大学自治原则和自治权因此而丧失殆尽。在英国，人们批评牛津和剑桥受宗教支配和教会的控制，教授不能发挥作用，轻视科学的课程和研究。英国人的方法是在牛津剑桥之外，另立新校。

大学真正的改革，现代大学原则的确立和现代大学体制的建立，是在德国发生的。在这里，我们看到哲学思想或者说观念的巨大作用。德国大学改革的最终动力固然来自社会，但是其直接的起因来自德国哲学家和思想家的观念和依照观念行动的决心和意志。德国大学改革的标志是 1810 年按照全新观念和原则建立起来的柏林大学，而为这种新观念和原则提供理论和思想资源的主要是德国的理性主义哲学和新人文主义。不过，这只是概括而简略的说法，因为实际上给德国大学改革以奥援的思想包括更为广泛的内容，比如洪堡的人文主义就是与自由主义结合在一起的，不仅如此，人文主义与理性主义在洪堡大学原则中的结合也包含一个非常复杂的关系。这种复杂性的核心是人文主义与理性主义的分野和交汇。

德国的理性主义有其悠久的传统，而就与洪堡大学原则直接相关者而言，莱布尼茨和康德哲学使理性主义在德意志土地上蔚为大观。康德揭示了理性主义的一个本质性的特点，这就是理性无论在理论上还是在实践上都是构成性的。与此相关，康德同时对理性主义提出了一个态度上的要求：大胆地使用自己的理性乃是人的一种职责。为洪堡的大学改革提供直接思想资源的施莱尔马赫和费希特思想的核心，就是这种理性精神。施莱尔马赫认为，大学要完全独立于国家，因为思想是自由和独立的；不仅如此，纯粹哲学和科学的基本结构应当是一致的，因为人的认识具有统一性——这就是科学统一性的思想，所以他认为，不仅哲学是科学的统一性之所在，而且这种统一性也构成了大学其他三个学院，即神、法、医学院的基础。

费希特这位德国哲学史上的重要哲学家，是柏林大学的第一任校长，写过多篇论述大学教育的文章。他认为，大学应当是科学地应用理性的艺术的学校（之所以如此提议，是因为他那个时代的本质是科学）。它必须努力工作，"无条件地把所有的人都提高到科学的水平"。这同样也就是大学教育的原则。费希特指出，独立理解和思想自由具有至高无上的价值，它应该高于大学之内的一切专业学习的原则。费希特的这个思想受到当时普鲁士当局的赞赏，自然也为主管普鲁士教育和创办柏林大学的洪堡所接受。费希特另外一个非常重要的思想就是，大学教育是建立在民众普及教育之上的，而后者正是那个时代的基本任务。因为，在他看来，必须让所有人都能够掌握一定程度的科学，达到一定程度的自我理解，"这样，每个人就都在独立思考，靠自己的力量理解某种东西，而整个时代也变成形式科学的一座永久的兵营。"[①] 费希特的这一思想也为洪堡所接受。

新人文主义是一股包罗广泛的思潮，它的核心是提倡人的个性和自由，而主要代表人物有席勒、歌德和温克尔曼（温克尔曼是著名的考古学者和艺术史家）。新人文主义者认为个性和自由这种精神正是希腊文化的实质，而德国文化是希腊文化的同道："德国人或希腊人都是以哲学和科学、文学和艺术等思想因素为国家存在的重心"[②]。大学教育的目的是帮助发展和实现个人的全部潜力，充分发挥人的个性和自由——用我们今天的术语来说，大学教育是人的素质教育，而素质教育的必由之途就是学术（科学，即 Wissenschaft），而其根本原则就是学术自由和思想自由。新人文主义强调古典文化——主要是强调希腊文化、哲学与科学、文学与艺术的同等重要性，因为这些对人的个性发展和实现人的潜力都是十分重要的。新人文主义的大学观念主要内容有如下方面：第一，大学独立于国家和社会，反对国家对大学进行干涉，第二，主张哲学学院在大学中的核心和基础地位，这是教师和学生大学生活的根本所在；第三，思想自由和独立，第四，强调科学精神。

在这个意义上，洪堡也是一位新人文主义者，他提倡的"因

---

① 费希特：《现时代的根本特点》，辽宁教育出版社，1998 年，第 70—71 页。
② 《德国和美国大学发达史》，第 39 页。

学术致陶育"（Bildung durch Wissenschaft）集中地表达了人文主义与理性主义结合的理想，陶育在洪堡这里是全面的陶育，从能力、道德到精神皆收纳在内。洪堡像那个时代的德国思想家一样，是一位具有多方面才能和贡献的人物。他既是一位思想家，也从事历史、语言学的研究；他除了在教育改革上取得了巨大成就，还长期担任外交官。不过，就大学发展而言，洪堡的杰出之处在于将当时由诸多哲学家和思想家提出的大学观念甄综为几条内在一致、赅括明了而极其根本的原则，并且将它们付诸实践——他主持了柏林大学的建立，确立了柏林大学的原则和发展方向，而这种原则和方向以各种修正的版本影响现代大学的运行和发展。这里我们来检视两条影响最为深远的原则。

第一，在大学里面，学术研究、教师和学生学习都应当是自由的，这条原则也简称为学术和教学自由原则。这条原则要求，教师的学术研究和教学都是自由决定的，不应当受到外在的干扰。这就是说，教师有权自由决定研究的课题，采取自己认定的方法，自由地开设课程，大学中允许不同的学派和流派存在。对于学生而言，他们可以自由选择自己所想学习的课程，自由制定选课计划，自己决定学习多长时间；学生也有权从一个大学转到另一个大学，而既已取得的成绩或学分应当继续有效，研究生可以自由地选择自己的导师。

第二，教学与学术研究相统一。洪堡认为，大学的主要职能不仅是传授知识，而且还在于追求真理，学术研究应当具有第一位的重要性。因此，教授应当从事研究并且将自己的研究成果、方法以理论化、系统化的方式传授给学生；学生不仅要学习知识，学习最前沿的知识，更主要的是学习方法，即独立地获得知识的方法，并且养成从事探索的兴趣与习惯。柏林大学的教学方式也做了相应的改变，课程主要地分为讲授课和研究课两种，前者主要由教师向学生报告自己的最新学术研究成果，而研究课就是在教师的指导下，学生（主要是高年级的学生）直接从事某个课题的研究，从而实现学生的大学生活就是追求真理和从事学术研究这样一个理想，而大学也就自然而然地成为学术研究的园地。

洪堡为柏林大学确立办学原则之时，也就是为现代大学确立原则之际。按照洪堡大学原则建立起来的柏林大学以及效法柏林大学的其他大学，是与古典大学完全不同的新型大学，它的特点体现在如下几个方面。第一，大学再次成为一个独立的学术团体，不受政府或其他社会团体的干涉；第二，大学从此成为学术研究，尤其是科学研究的中心和基地；在这之前，大学教师并没有从事研究的义务，大多数科学研究和实验都是在大学以外的研究室或实验室里完成的。比如，在英国，科学研究通常是在私人实验室或皇家实验室里完成的，而像牛津剑桥这样的大学，并不以学术和科学研究为务；第三，哲学和人文学科在大学里面获得了基础性的地位，这对于基础科学的研究，对于学生能力的全面发展，具有极其重要的意义，美国大学的通识教育就是这种观念和做法的发扬光大；第四，大学成为一个整合起来的整体，这就是说，大学体制安排是依据学科分类和科学统一的原则和教学的需要建立起来的，而不像以前那样是按一定的团体建立的，比如像牛津剑桥式的大学，以师生住宿在一起的学院制为大学的基本单位，从根本上破除了"行会"的残余。

我们看到，洪堡大学原则和大学改革的影响是十分巨大的，它使德国率先建立了现代大学体系。德国大学的历史原本比欧洲其他国家晚 200 多年，即便在 19 世纪初叶，德国在社会发展、经济、政治等方面都落在英、法等国家之后，并且直到那个世纪的70 年代才建立统一的德意志国家。但是，德国大学却因改革而在几十年内一跃而成为世界上最先进的大学，出现了一直影响到今天的许多哲学家、自然科学与社会科学家和人文学者，德国的科学研究全面领先于世界。

德国大学模式直接影响到英国、法国、美国等大学的现代化，也为中国现代大学的建立提供了积极的榜样。从现代大学的发展来看，美国大学不仅是德国大学模式的最忠实的学生，而且是其精神的继承者和发挥光大者。我们看到，从 1815 年起以后的 100年内，大约有一万美国青年赴德留学。考虑到当时交通的不便、人口稀少和大学生无论绝对数量还是相对数量都非常之少，一万人当是一个非常巨大的数目了。尤其重要的是，影响美国现代大学的发展的几位关键人物，都曾在德国大学留学过；位居美国大学的排行榜前列的几所大学，都是按照德国模式进行改革的成功范例。比如，哈佛大学在 19 世纪上半期就将德国式的大学体制移植到原来的英国式的书院之中，开了美国大学德国化的先河，而约翰·霍普金斯大学是完全按照德国大学的模式建立起来的，它早期的教师基本上都在德国留过学。①

除了大学的原则和体制，美国教育史家认为，美国留德学生还从德国大学获得了三种智力财富："智力习惯（intellectual habit），智力方法（intellectual method），智力和道德信念（intellectual and ethical conviction）。智力习惯代表学者个人及其学术的独立性，它是三种财富中最为宝贵的"；"智力方法代表在思想和研究上的全面性和准确性（thoroughness），这似乎是日耳曼人的一种独特的财富，即掌握全部能够知道的有关的事实材料"；"智力和道德信念……深信自己所做的事情将为美国的知识和学术增添财富。"② 实际上，这些智力财富本身就是一种大学文化，美国留德学生将这种大学文化带到了美国，发扬光大之后，成了美国现代大学文化的一个因素，而这种文化正是美国大学在当代远远走在世界其他大学前面的社会条件。

洪堡的大学理想和原则对德国大学模式的影响后来也受到一些人的质疑，他们试图将德国大学在 19 世纪的巨大成就归于其他原因，比如经验科学的兴起等等。这种质疑能够说明一点，即德国大学的成就并非只有唯一的原因，但是不能证明洪堡的原则不起主要作用甚至不起作用。洪堡原则和德国大学确实面临了挑战，但这主要是在 20 世纪下半叶才开始出现的。在这之前，洪堡的大学理想和原则虽然逐渐与现代大学发展的趋势和要求之间出现了罅隙，但它依然代表现代大学的基本观念。

这种原则之所以具有如此巨大的影响和作用，自然有其多方

---

① 参见舸昕编《从哈佛到斯坦福》（东方出版社，1999 年）中"哈佛大学"、"约翰·霍普金斯大学"、"耶鲁大学"等章，《德国和美国大学发达史》第十章至十六章。

② 《德国和美国大学发达史》，第 122—124 页。

面的因素，但新人文主义和理性主义在这里所发挥的作用乃是核心和关键的。不过，新人文主义从理论上来说是一种混合的思潮，因为它兼包并蓄了各种主义，从本文论述的角度来看，就大学观念而言，新人文主义其实容纳了理性主义的思想。这就是说，这两种思想虽然可以分开来检视，而在一般被称为新人文主义的观点里面，有些直接就是理性主义的内容，比如洪堡强调大学当"唯学术（科学）是重"，大学立足的原则是"把科学看作为尚未穷尽、且永远无法穷尽的事物，并不舍地探求之"；① 而有些观点则可以抽绎出理性主义的观点，比如，"因学术（科学）致陶育"。这样，当新人文主义的每一个观点逐一经受分析而深入其基础时，它们之间可能就会出现某种明显甚至尖锐的矛盾，但是这种在基础上面的冲突并不意味着它们无法一起作为大学的观念和原则发挥积极的作用。

新人文主义的最高理想和目的是人自身的自由和全面的发展，或者像洪堡所说的，是个人天赋完全的发展，各种能力最圆满、最协调的发展，最终融合为一个整体。② 显然，新人文主义具有明显的理想主义的特点，因为人的发展在事实上总是受到各种条件的限制，而个人天赋和能力又取决于各人自己的认识和理解，而所谓圆满和协调也是非常难以明确规定的，它们同样要取决于个人自己的感受和社会的评价。这样，新人文主义的理想与理性主义之间就蕴涵着内在的冲突。新人文主义引古希腊的文化为榜样，但他们所理解的那种精神是个性和自由，而后者又是通过学习和追求哲学、科学、文学和艺术以及道德完善来达到的。然而，大学却又是一个制度性的机构，大学在其几百年的发展之中，已经从一种自由的甚至经常迁徙的学术行会演变为一个具有固定的场所、固定的教师、固定的课程和考试的一个单位，而在德国大学改革之前更沦为用既有的陈旧教条培养千篇一律的毕业生的学校。新人文主义的大学观念就是要在既有的大学模式之中，实现

---

① 参见陈洪捷博士论文，《德国古典大学观及其对中国的影响》（北京大学高等教育科学研究所，1998 年），第 25 页。
② 参见《德国古典大学观及其对中国的影响》，第 44 页。

人的自由而全面发展的理想。因此他们就必须按照他们的观念来重新确立大学的原则，并根据这些原则来安排大学的制度。

德国大学改革的成功最明显地体现为 19 世纪初叶到 20 世纪初叶近一百年间的巨大的科学和技术成就，体现为人文学科和社会科学领域内各种思想泉涌、大师辈出，同时体现在为其他国家所培养的大批人才上面。其中特别值得人们注意的是，德国在人文学科和社会科学领域所出现的那些建立宏大体系而见解深刻的思想家和理论家，是其他西方国家所少见的；并且，在自然科学方面，情况也是如此：在最需要或最体现综合性知识以及创新能力的物理学等领域，德国远远走在其他国家的前头。这些主要体现为理智产物的成就所需要的一些共同的学术环境和精神气氛，正是遵循洪堡原则的大学所要提供和创造的。伟大哲学家的孕育所需要的多学科的综合训练，高远的志向和坚忍不拔的意志，自由思想的可能性及其力量，正是符合新人文主义对人的自由而全面发展的要求的。

新人文主义的大学观念排斥直接的实用主义，因此反对大学的专业化教育，它同时也反对国家驾驭大学而使之围绕其现实政治的目的转动，洪堡为此说过一段相当深刻的话："国家决不应指望大学同政府的眼前利益直接联系起来；却应相信大学若能完成它们的真正使命，则不仅能为政府眼前的任务服务而已，还会使大学在学术上不断地提高，从而不断地开创更广阔的事业基地，并且使人力物力得以发挥更大的功用，其成效是远非政府近前布置所能意料的。"① 洪堡的深刻之处还在于，他同时认为，办大学也是国家的职责。国家既要办大学，还要让大学独立于国家的干涉，这个思想即便在今天也为许多鼠目寸光的人所不理解，但它确实是现代大学与国家关系的最重要的准则，这也就是新人文主义的独到之处。大学无疑是符合国家的长远利益的，如果这个国家将人民的利益放在第一位并且有切实的制度保证这一点的话。然而，大学并不在任何时候都符合当局或者国家的眼前利益，并

① 《德国和美国大学发达史》，第 46 页。

且更为重要的或许也是洪堡所未明言的是，当局并非任何时候都明白国家的长远利益何在以及应该如何达到。对那些正处于现代化进程中的国家来说，强调大学的独立性更是争取大学发展的一个必要的政治条件。学术和思想的自由在政治上就是要求免除因思想和观点获罪的危险。自由思想，尤其是创新的观念，原本就需要勇气，对个人的全面发展来说，这可能是必要的一课，但是，如果思想和观念时时成为罹罪的原因，不仅个人的全面发展、学术（科学）和文化的发展将遭到牺牲，同时那些专制国家（即使在当时它们属于开明的专制国家）也会遭到巨大的损失。

大学的这种情况与学术研究者的情况一样。任何科学理论、思想体系都是学术研究者的工作的结果，研究的一般条件和途径大概也是许多人都了解的，但是事实上事先没有人能够指明达到某种具体成就的具体步骤，这种步骤都是事后才可以描述出来的，因为在能够说明达到最后成果的步骤时，一种新的理论或思想体系也就成熟了，一项发明也就完成了。不仅如此，而且实际上也没有人能够事先确切知道谁能够建立某种理论或思想体系。学术自由的重要性在这一点上就充分体现出来了。新人文主义的大学观念和洪堡原则是从另一个角度来论证的，这就是学术研究的根本目的是为了个人的自由而全面的发展，学术（科学）是达到陶育的途径。新人文主义的奥妙之处就在于，当学术（科学）被看作是个人自由而全面发展的途径时，它们却结出了有利于整个社会的丰硕果实。

因为学术（科学）研究的每一项成果都是探索的结果，都有不同的思路和步骤，在这里，人的自由的、创造性的理论思维和想象力实际上在发挥主要的作用。而这些对于基础学术（科学）研究至关重要的能力，无法通过课堂的讲授而获得，而必须通过理论的或操作的实践才可养成，所以教学与学术（科学）研究相一致的原则对培养具有高素质和创新能力的人才就是不二法门。依照这个原则而设计的研究课（Seminar）以及实验课，就是符合学术（科学）研究能力的陶育和发展这种特点的大学制度设计。这种课程的优点，还在于将学生直接带入最前沿的学术（科学）

研究之中，对处于创造力最活跃时期的学生来说，学习的过程就直接成了研究的过程。

批判的人文主义与大学观念

大学作为一种享有特权的学术团体，其滥觞和发展当以一些必不可少的社会—历史、经济、文化和政治的因素为条件，但制度化的大学模式却可以扩展到其他并不完全具备这些必要条件的地区，尽管在扩展的过程之中也必然会创造出某些必要的条件来。在这些条件之下，大学通过自身的运行以及与社会发生互动，就会形成大学内外人们对于大学的一系列的观念，产生相应的制度，这些观念和制度就成为大学文化。大学文化不是局限于大学内部的文化，而是一种社会性的现象，是整个社会对于大学的看法和态度，它所承认和建立的相应制度。

大学文化一旦形成，对于特定社会—历史的政治、经济制度就具有较大的独立性。大学存在了八百多年但屹立如旧，而各种社会制度几经变迁，形形色色的政府几易其手；然而，大学文化的精神却无可避免地要受到当时社会的主要价值观念、支配性的思想和制度的影响乃至冲击。大学在其诞生之初，就享有即便今天也不再可能的自治权，这有赖于欧洲当时现代国家制度尚未出现的封建局面，整个社会的基本单位就是各种自治和半自治的团体，无论这种单位是一个国家、领地，还是一个商业行会。这种自治权给大学的发展创造了有利的、必不可少的条件。从宽泛的意义上来理解，大学自治的观念在今天已经演变为大学独立的观念和制度。诚然，大学观念必然是要不断地从社会的思想和制度中得到滋养，并因社会制度的变迁而变迁的，不过，大学观念与制度的变迁与社会思想和制度的变迁并非完全对应和同步的，据此我们就可以理解，为什么近代工业革命和社会革命首先发生在英国和法国，而现代大学制度却诞生于各方面都相对落后的德国。

但是，就如古典大学的文化一旦成型之后，不仅面对社会发展会变得相对的落后，而且其自身制度中不完善和不合理的因素也会滋长为制度的消极层面。在几乎达到其辉煌顶点的 20 世纪初叶，德国模式大学的问题就开始显现出来，自 20 世纪下半叶起这些问题就日趋严重。新人文主义的大学观念受到迅速变化的社会的挑战，看起来已经不适应现代社会后期出现的许多新情况。大学观念的变革和大学制度的改革不仅势所必然，而且实际上已有先知春江水暖的大学在探索和实践新的大学观念。一般而言，现代大学所面临的那些严峻问题可以概括为四个方面，第一，大学的普及化乃至大众化，第二，市场的压力和入侵，第三，信息时代带来的知识传播方式的变革，第四，大学的巨型化和高成本。这些情况和挑战的每一种都指向新人文主义的大学观念的要穴，它们使个人自由而全面发展的陶育目标，以追求真理为目的的研究自由、讲授和学习自由的原则看起来成为不切实际和不可能实现的东西。

洪堡原则适用于以精英教育为目标的大学，这仅仅符合当时社会的状况，即能够进入大学学习的只是社会中少数人的事情，洪堡当时所进行的普鲁士教育改革为此做了制度上的安排，比如，只有文科中学毕业的学生才可以进入大学学习。在新人文主义者看来，能够达到那种自由而全面发展的人实际上也只是社会中的少数优秀分子。这样一种观点始终为德国主要思想家所坚持，以至雅斯贝尔斯还认为，大学生应当是精神贵族，他说："精神贵族与社会贵族迥然相异"，"精神贵族是从各个阶层中产生的，其本质特征是品德高尚、个体精神的永不衰竭和才华横溢，因此精神贵族只能是少数人。大学的观念应指向这少数人"。"不论何处，精神贵族都是珍品。而进入大学学习的年轻人便是全国民众中的精神贵族。"① 雅斯贝尔斯所谓的精神贵族具有一般意义，中国传统的士林其实也是这样自许和受到期许的。

美国大学虽然最早面临大学大众化的挑战并做出了调整，但

---

① 雅斯贝尔斯，《什么是教育》：北京：三联书店，1991 年，第 147、144、147 页。

是，主流的大学观念，尤其是有影响的大学的权威人士的观念实际上还是以精英教育为核心。[①] 发动哈佛大学平静革命的罗索夫斯基认为，美国最好的研究型大学是"美国精神生活的顶峰"，[②] 布鲁姆在那本使美国人无法无动于衷的《走向封闭的美国精神》里也坚持，人类理智和哲学的未来有赖于大学，而在这里优秀的思想要求对自然和人在自然中的位置获得总体的把握[③]。为此，布鲁姆认为有必要反对罗尔斯平等地尊重每一个人的观点，而"反对歧视"是一种荒唐的见解，"这种荒唐见解意味着，不允许人们去寻求人类优秀的品质，即便找到了，也不要加以推崇，因为这种发现总是与对恶的发现相匹配，并且会让人厌恶这种恶的存在。教育必须用于压抑人的天性与智慧。自然的人欲将被替换成人为的欲望。"[④] 极端的观点则认为大学大众化和高等教育的分化使大学成为一个"垃圾场"。[⑤] 尽管如此，二次世界大战之后美国高等教育的大众化成为无可抗拒的潮流。美国大学因此而发生了深刻的分化，从而在实际上因应了这种潮流。所以克拉克在其《探究的场所》一书的导言中仍然可以说："接近 20 世纪末，1810年洪堡的追求仍和我们在一起。"[⑥] 不过，这个"我们"更多的是研究型大学。美国大学的目的和水平的多元化虽然符合教师和学生自觉和不自觉的要求，但是如果缺乏更新的观念和相应的原则，低水平的大学就会沦为职业学校，大学的普及化或大众化就徒具形式，而无实质的意义。

德国大学在二次世界大战之后也很快达到普及化，但是它依然维持精英教育的原则和研究型大学的架子，因此就一直问题缠身：大学生在校时间普遍延长，因为相当多数的学生无法顺利修完为培养学术精英而开设的课程，相应地，学习期限就得延长，大学人满为患，却没有足够的教室、实验室、学生宿舍，没有足

---

① 《世界高等教育：改革与发展趋势》，国家高级教育行政学院，2002 年，第 135 页。
② 罗索夫斯基，《美国校园文化》，济南：山东人民出版社，1996 年，第 26 页。
③ 布鲁姆，《走向封闭的美国精神》，北京：中国社会科学出版社，1994 年，第 370 页。
④ 《走向封闭的美国精神》，第 23 页。
⑤ 布鲁贝克，《高等教育哲学》，杭州：浙江教育出版社，2002 年，第 78 页。
⑥ 克拉克，《探究的场所》，杭州：浙江教育出版社，2001 年，第 17 页，

够的教师，淘汰率升高，如此等等。在近年来，在德国大学毛入学率接近大众化的情况下，大学生数却开始下降，其中相当多的人流向专科学校。

市场的压力和入侵对现代大学来说，是多种因素的复合作用，而非单一原因的结果。市场的压力和入侵对大学的影响不仅是多方面的，而且越来越深入。市场的影响可以概括为三个方面，成就感、经费和人才需求。个人或者单位的成就感会使得大学教师和科研人员倾向于从事能够迅速取得实效并且产业化的研究项目，更何况这种研究往往容易获得更多的经费支持。① 同时，市场对专业人才的需求，尤其是特定时期的热门人才的需求——这种需求是通过学生的专业选择而体现出来的——迫使大学调整自己的学科和专业设置。

经费是现代大学永恒的问题，从大学当局到个人都受到同样的压迫和诱惑。首先，大学里面的基础研究和其他大型研究需要大量的经费支持，其次，大学的普及化意味着需要更多的教室、实验室和其他后勤保障，需要更多的教师和管理人员，传统的政府来源的经费和社会单纯捐款已不敷所需。企业主动要求与大学合作或大学向企业寻求经费，都必然以大学从事或参与实用的、直接以商业为目的的研究为条件，并且在相当多的情况下，这种研究受到出资企业的控制。此外，多数学生因财政问题无法专心地追求学业和选择自己中意的学科，而是选择容易掌握以及就业前景看好的专业。

第三，信息时代带来了知识传播方式的变革，这种变革看起来直接指向新人文主义的大学观念的要穴，它们使个人的自由而全面发展的陶育目标、以追求真理为目的的自由研究和学习的精神仿佛成为不切实际和不可能实现的东西。各种知识的迅速更新，使教师和学生都无法像新人文主义所要求的那样从容不迫地来从事基础的、理论的研究，而"因学术致陶育"于是就显得是一种

---

① 在今天中国大陆的大学里，有其最为恶劣的极端，即仅仅从事或者仅仅宣称从事某些能够达到媒体效应的研究。

单纯的理想。知识膨胀乃是人类所面临的认识论的和形而上学的新问题：每个人越来越局限于人类整体知识的极小一部分，而其他相当大的一部分对每个单独的人来说，仅仅是一种间接的乃至无知的领域。在这样一种情况之下，人的自由和全面发展这个理想在理论上和实践上都变得根本不可能，而每个人的发展以及他对世界其他部分的了解更多地依赖于作为整体的社会。

最后，大学越来越成为一个巨型机构。为了维持这个庞然大物的运作，官僚制度就不可避免地发展起来，而这就会在不同的程度上侵蚀了原来属于教师和学生的权利，从而介入原来属于学术研究和教学的自由园地，代之以行政的权力和干涉。大学的巨型化意味着大学维持和运行的费用大大增加；加上大学为了提供良好的教学、学术研究、办公等条件，提供合理而有竞争力的教师薪水，而必须向社会寻求更大的财政的资助，于是经费的提供者，无论是政府还是企业都会要求大学提供回报。这不仅使大学负有更大的社会责任，而且也为外部干涉大学提供了有效的途径和合理的借口。

对于现代大学来说，以上几种因素总是结合在一起而共同发生作用的。比如，大学的巨型化就既与大学的普及化有关，亦与市场对专业人才的需求有关。经费的压力基本上渗入大学的每一个环节，而大学管理体制的改变也直接与其他三个因素相关，比如在信息时代大学如何因应知识的创造和传播的新模式？美国大学的观念和原则虽然发源于洪堡原则，不过其大学管理体制从一开始起就与德国模式并不相同，私立大学在当时乃是美国大学的中坚，即便现在也通行公私兼营或公私合营，这直接影响到美国整个大学管理体系的发展，比如，美国大学实行董事会和校长负责制，大学经费主要依靠自筹，尽管其中相当大的部分事实上来自政府。韦伯在20世纪初就看到了美国大学与德国大学的一个重要区别，这就是前者已经成为"大型的资本主义式的大学企业"。[①] 资本主义企业式的模式使美国大学比之于德国大学，能相

---

① 韦伯，《学术与政治》，北京：三联书店，1998年，第20页。

对有效地因应上述四种情况，因而仍然能够使精英教育的观念保持在美国的一流大学之中。然而与此同时，美国大学也就产生了严重的分化，研究型大学和社区大学在目标和水平上都相去甚远。相比之下，德国大学固守精英教育原则，分化直接体现在学生身上，即进入大学学习的学生有相当多的人无法毕业，或者无法顺利毕业。相对于现代社会对大学的要求，这种结果较之于美国大学本身的分化，应当说是一种更加不适应的表现。

整个世界的大学都面临这样的挑战，由于市场在世界范围的拓展，市场对大学的压力和入侵也表现为大学之间的国际竞争，这种竞争的趋势使许多大学日益成为提供知识和培训的名副其实的资本主义教育企业。这就说，它们按照一定的标准和固定的模式批量地产生获得某种文凭和资格证书的学生，学生从入学到毕业，就像现代企业的生产一样，某种中间产品通过某种方式的加工而提高了附加值。诚然并非所有的大学都会采取这同一个模式，但大学一旦如此运行，那么大学教育在其观念和精神上就会一方面倒退到 18 世纪之前的水平，甚至比这种情况更加糟糕，另一方面也会陷入现代社会那种似乎不可抗拒的趋势：个人发展的单向性和狭隘化。

大学需要新的观念。在现代社会，在大多数青年学子都能够接受大学教育的形势之下，大学必须告别新人文主义精英教育的梁园，而要进入一个广阔而开放的多元空间，然而同时它也必须始终不渝地保持人文主义的精神。从素朴的人文精神到新人文主义，中心关切乃在于人的能力的陶育和个性的发展。但是，素朴的人文精神关于人的能力的陶育和个性的发展的见解是片面的，这种片面性在中国和西方各有其不同的表现。在素朴人文精神的时代，高等教育尚在自然活泼然而却非学科化的时代，人文主义是体现在当时师生的自如挥洒的求知和教学的活动之中的，并未成为自觉的意识。欧洲古典大学的创立和发展是与人文精神的复兴和光大同时并进的。在这个时期，大学之中的人文主义精神是通过作为大学教育的核心即人文学科而发挥潜移默化的作用的。在古典大学发展的后期，人文主义作为一种思潮应当说主要是在大学之外的地方形成并发展的，诚然大学内部的理智活动为人文主义建立了理论基础，然而在大多数情况下也就仅此而已。人文主义原本不是德国的传统，但是将人文主义引入大学而使之成为大学原则的却是德国的新人文主义者。新人文主义是在吸纳理性主义以及其他思想的格局下为现代大学奠立基本原则和结构的。这些原则和结构必须更新才能适应现代社会中大学教育的新局面。

大学教育的核心始终是人的自由而全面的发展。严格地说，现代大学所面临的种种新问题并不可能从根本上否定人文主义大学观念的这一核心观点，或证明其已经失效，而仅仅是导致对这个观点予以重新的理解的要求。在现代社会种种甚嚣尘上的科技的、商业的和文化的现象之后，人依然是唯一的自为者，只不过在技术主义、实用主义和市场目的—合理主义的描述之下，个人又似乎成为从属的、无足轻重的东西。然而，社会的多元性以及相偕的盘根错节的关系原本就是个人自由而多向发展的结果，而与此同时个人之间的相互理解和要求也就自然而然地以多样性的方式表现出来。因此，大学的观念依然必须落实在人文主义的核心上面，但是，人的自由而全面的发展必须置于一个没有确定边际的视野之中，予以重新的检视和诠证。于是，我们就需要一种批判的人文主义。

批判的人文主义目的在于超越新人文主义以及先前其他人文主义的狭隘的视野，而使人文主义的核心即人的自由而全面的发展保持开放的姿态，破除完善主义的、精英主义和绝对主义的限制。批判的人文主义的大学观念依然坚持新人文主义的核心，然而却认为，新人文主义所主张的只有通过学术研究才能达到那种目的，显然是偏颇的见解。批判的人文主义认为，经由这种途径而达到个人的发展无疑是一种上好的方式，但现代人的能力的陶育应当是多向的，学术能力仅仅是其中的一项，即便对大学教师和学生来说，也是如此，尽管对教师而言，这应当是其最基本的和最杰出的能力；现代人的追求也应当是多向的，学术追求也仅仅是其中的一个方向。批判的人文主义主张，大学教育在人的多方面能力的陶育之间需要达成平衡，这种平衡不是来自某种标准或者教条，而是来自持续的反思和批判；任何人都应当努力发展自己的各种潜能，这种能力的实现及其成果不能以最终的实用性来评价，而必须从其对于个人的意义以及社会的意义来评价；但是，与此同时，个人在追求知识和美德的志向与专业训练之间达成平衡，也是一种必要的抉择。就此而论，批判的人文主义就是一种普遍的人文主义。"因学术致陶育"可以看作是最高要求的一种，但是，个人的能力同时也可以通过艺术、社会活动和体育等等其他活动得到陶育而有其平衡的发展。

在批判的人文主义看来，人文主义的要求与民主、平等的理想是协调和兼容的，这样大学虽然应当葆有精英的理想，从而大学能够为杰出的人才提供脱颖而出的条件和机会，但是大学的原则却要求首先为每个人提供平等的条件和公平的机会——这就承带公平的标准。事实上，就如杰出人才的造就一样，公平的机会对现代大学教育而言也是一个极高的理想，它意味着，自由而全面的发展是针对每一个人的。不同人之间的多样性发展虽然为社会的和自然的事实上的不平等开辟了解决的途经，然而它同时就意味着，实际上有相当多的人并没有得到自由而全面发展的机会或者不具有这样一种可能性。

批判的人文主义的大学观念可以"极高明而道中庸"来标志，人的自由而全面的发展是没有止境的。这不仅对于人类整体而言是如此，对于每个个人来说亦复如此。每个个人的自由而全面的发展就意味着无论在求知还是在其他能力方面的发展当以"不断超越"为最高目标，而人类知识的整体发展当以此为唯一目标，然而大学教育却应当面向各种层次和各种方向的发展的可能性，为此而提供研究、教学和训练的制度性的和实质性的条件。批判的人文主义认为，迄今为止人们尚未找到个人发展的唯一最佳途径，尽管人们承认系统的和全面的教育是个人发展的必要条件。因此，批判的人文主义所注重的是人的发展本身，即能力的陶育和个性的发展，而不是这种发展的最终的实际结果。人文主义的观念一旦落实为大学的原则，创造性的理论和发明当是其必然的结果。然而，这里关键之处在于，批判的人文主义坚持认为，这种结果不是大学教育的目的，它仅仅是人的自由而全面发展的副产品。

正是在这个观念之下，批判的人文主义反对一切大学观念上面的技术主义、实用主义和市场目的—合理主义。批判的人文主义作为一种态度，是对现代社会始终维持一种批判性的深入的反思，它了解个人在现代社会的困境：个人的多向发展的自然倾向和能力多元化的社会要求与高度专业化的生涯压力之间的冲突；然而它看到，大学教育的职业化和专业化并非摆脱这种困境的办法，相反却封闭了个人走出这种困境的出路。任何市场的当下需要和企业的直接要求都可以通过大学以外的其他方式得到满足；就面对现实而言，大学始终关注社会和个人的长远目的，因此即便仅仅根据这一立场，大学也必须与市场压力和商业化始终保持距离。技术主义、实用主义和市场目的—合理主义都试图将大学教育引向某种具体而特定的结果，但是，这两种主张却无法给出人类和知识发展在其各个不同的阶段将有什么样的结果的答案，当然更无法预言每个人在其一生中会有怎么样的经历。相反，人文主义的原则并不指向特定的目的，而是将每个人看作"自为者"，这就是说个人的发展包括学术追求和道德理想的最终动力都来自个人的选择，一切外在的因素都必须通过个人的意志和能力才能实现出来。新人文主义主张大学教育为个人的发展提出最高的学术的和道德的理想，鼓励人们向这样一个目标自由地发展，然而关注的重点却落在少数精英上面。批判的人文主义认为这样的目标是必要的，这样的鼓励也同样是必要的，但鉴于每个人发展因其志向、能力和环境因素而有着多样性，而主张大学的观念应当在于所有人相对于自己特定条件的最优发展。批判的人文主义主张现代大学应当为这种发展提供最为开放和自由的教育，这不仅应当体现在某一大学的研究、教学和学习制度上面，而且也应当体现在整个社会之中大学的多元发展和开放式的广泛联系上面。

大学在现代社会依然应当是一个对社会负有责任的特权机构，但是批判的人文主义始终对社会责任的任何言论保持批判式反思的态度。这就是说，它承认社会责任的必要，就如它承认大学各种课程、专业学习、考试和学位制度的必要性一样，但同时强调对相关的具体要求和说法进行理性的检视的必要性，以防它们成为达到某种具体目的的手段而束缚个人自由和可能的全面发展。个人，无论教师还是学生，作为自为者，在既定的各种条件之下依然应当葆有按照理想的目标来筹划自己生活的自由和决心，在大学里面，学术研究、教学和学习的自由必须作为第一原则而得到明确的保障，尽管它们并不是绝对无条件的。因此，现代大学的管理虽然无可避免地要采用某种现代管理的方式，包括一定程度和范围内的行政和企业管理方式，但是大学的主体，即院系和实验室，在其主要的活动领域，研究、教学、实验和学习，始终必须保持最大限度的自治状态，并且以此种自治的权利和权力来制衡行政和企业式管理力量的扩张，以保持大学的公共的、批判的、自由的和独立的精神。

总之，批判的人文主义认为，当代大学在面对上述四种严峻挑战的形势之下，依然要保持大学的自由而独立的精神，它不仅在于大学对于政治权力的独立性，而且更主要地在于大学对于市场的和产业的干涉和压力的独立性。大学始终是人类精神和思想的公共领域，尽管大学难免有自己的特殊利益，但大学立身的根本在于社会和人类的基本利益。就此而论，大学所产生的科学理论、思想观念，乃至创新技术和政策报告——大学在产生这些思想的乃至物质的成就的同时就是陶育人才的过程——以及大学的不仅怀有知识，而且具备获得、更新和创造知识的能力的毕业生，皆为天下公器：这正是大学因应挑战和抗拒干涉的根据。

2002 年 10 月 21 日定稿于听风阁

中国大学的自信何在？[①]

一、为什么提大学自信问题

我们看到，谈大学改革也好，说引进人才也好，讲与国际接轨也好，弄985工程也好，争世界一流也好，都在提示一个基本的事实：这就是中国的大学水平不高——这里主要是讲大陆的大学水平不高。

这样一些雄心勃勃的口号、计划和目标，所表明的应该是中国大学界的人壮志凌云，充满自信。要争世界一流的大学不是一时蜂起吗？为何又要在这里提出自信何在的问题呢？

因为就是在这样的热潮之中，人们依然可以清楚地看到两个相反的现象：其一是固守落后的或者说不合理的制度，其二是在这个基础之上将中国大学水平不高的原因归于外在的理由。

有人说原因在于缺乏"大楼"，这当然是比喻，就是说物质条件太差，所以来不了人。但是，现在国内一些大学的主楼要比国外许多大学的要宏伟。此外，一些阿拉伯国家的大学的校园和条

---

① 作者以此题分别在北京师范大学（2005年6月6日）和云南大学（2005年12月24日）各做过一次讲演。本文是根据讲演原稿和北京师范大学讲演的录音整理稿修改而成。全文曾发表于《科学时报·大学周刊》第289期（2006年8月15日），第290期（2006年8月22日）。

件要比美国的、德国的好得多。

当然，多数人认为应当是大师问题。大学水平之所以低就是因为没有大师。但是，一谈到大师，一些人，主要是大学领导，就会说，没有"大楼"哪会来大师。这个意思非常明确，就是，物质条件差，是大学水平低的首要原因。所以，中国大学缺乏自信的原因，如果按照这种思路来追究，一追就追到了物质条件差上去了。

然而，事实好像也并不是如此。比如，在德国，大学的大楼建了一百多年都还在用，我们这里二、三十年的就要拆了——当然，我们并不是向来就是这样的，我们祖先在宋朝造的桥也有不少一直到现在还在供人过河的。另外，美国、欧洲的大学的校长人数很少，因为，校长、副校长多了花费就很大，我们这里的情况就如那个有名的顺口溜所说的，"校长一走廊，处长一礼堂"，多到没有一位教师弄得清究竟哪些人是校长。又比如，我们的大学里经常可以看到一些可有可无的人长年在那里晃着的。再如某省一所大学的教授告诉我，他们学校的党委书记说，世界上所有的国家他差不多都去过了，但这所学校的教授却很少有出国进修的机会。如此看来，中国的大学也不缺钱，至少缺钱与否是相对而言的。

这里也有另一方面的例子。中国现代历史上在国家动乱而大学更穷的时候，大学内外照样也出了许多大师、大家：章太炎、王国维、梁启超、鲁迅、陈寅恪、冯友兰、钱钟书，不一而足。我在研究政治哲学时要查找有关中国传统社会的法律问题时，中国人写的最权威的相关著作是瞿同祖在1947年写的《中国法律与中国社会》。在自然科学领域，华人最早的诺贝尔奖得主曾就读于西南联大，而那里的不少教室是草棚子。

因此，物质条件固然是一方面，是基础，但是有了物质条件，不一定就能够造就大师。而在物质条件相对较差的情况下，也依然可以产生出重要的成果。比如周光召就说过：

"二十世纪最重要的科学发现，如相对论、量子力学和基因双螺旋结构等，都不是在物质条件最好的国家和实验室中产生。这无疑表明，较差的物质条件下完全可以做出更好的成绩。"①

有些国家产生了无数的大师，一流的科学家，也会跑光。在德国纳粹时期，那么多优秀的科学家都跑到美国或其他国家去了。德国当时的物质条件与美国、英国相比基本上差不多，但是政治、社会环境却一时恶劣起来，于是发生了两个重大的事件，第一，一流的科学家、学者被迫流亡，否则就遭到迫害；第二，大师产生的环境几乎被摧毁殆尽。

由此而观，大学作为一种学术制度，一种学术机构，它必定有一些内在的东西，正是这些东西决定了大学之所以是大学，而不是其他什么机构，而中国大学之所以水平低下就是因为这些基本因素被遮蔽了，被排斥了。正因为如此，所以中国大学就在好大喜功的热潮之中，一直无法树立起真正的自信，因为它们不敢直面这些基本因素：这就是学术本身。

于是，我们在这里就可以初步得出如下一些结论：

第一，中国大学的自信并非主要与物质条件的优劣相关；

第二，中国大学的自信也不仅仅与大师的有无相关；

第三，中国大学的自信在于真正的学术精神的缺乏。

二、大学的宗旨

大学是做什么的？

现代哲学有一个流派，叫做现象学。现象学主张，要认识事物，认识事物的真理，就要"回到事物本身"，而我们这里所说的事物就是大学——于是我们要"回到大学本身"。

在当今中国，这个问题长久以来一直被遮蔽。大学起初就是为了学术研究和教学而建立起来的，学术就是大学的宗旨、核心和基础。大学的逻辑起点是学术，终点还是学术，至于各类得到

① 《周光召院士指出中国科技界自身存在诸多弱点》，中国新闻社 2001 年 9 月 14 日。

教育的学生及其他们的学位，不过是体现这种宗旨的大学教育的必然产物。

西方大学在近一千年的历史中，几经变迁和改革，其中所产生的一些保障和促进学术发展的制度，不断发扬光大，从而演变为现代大学制度的一个重要部分。在大学发展的早期，欧洲的一些大学就获得了一些明显的特权，这些特权甚至在某种意义上突破了当时封建社会的制度，而具有一般性的意义，尽管它们通常是由教会或封建主授予和承认的。比如，1231年，当时的教皇谕令赋予巴黎大学以自治权——这可以说是欧洲大学自治权得到正式承认的历史开端。一般而言，早期大学具有的特权有如下几个方面：

第一，大学内部自治的权利；

第二，自由讲学、游学的权利；

第三，独立审判权。大学自设法庭，教师和学生与外人发生法律纠纷时，不受城市法庭或教会法庭管辖，而由大学法庭审理；

第四，赋税与兵役的豁免权，它的主体不仅包括教师和学生，而且覆载职员校役人等；

第五，学位授予、讲演、罢教和迁校等的权利[1]。

这样一些特权当然可以从各种不同的角度来解释，但是它对于确立并保护大学的学术宗旨的意义，则是非常明显的。因为在那样一个实行宗教专制的时代，人身依附制度普遍施行的时代，一个社会组织能获得这样大的自由空间几乎是绝无仅有的特例。当然，透过这些特权，我们也可以看到，当时大学及其学术活动所受到的外在威胁和干扰是什么。

在19世纪初出现的德国大学改革，以及作为这项改革的持久性成果的洪堡大学两原则，造就了大学史上的一个根本转折，这就是学术最终确立为大学的核心，而这也就构成了现代大学"本身"的根本原则和宗旨。这两条原则可以简述如下：

第一，学术和教学自由原则。这条原则表明，教师有权自由

---

① 参见本书第8页注①。

决定研究的课题，采取自己认定的方法，自由地开设课程，大学允许不同的学派和流派存在。对学生而言，他们可以自由选择自己所想学习的课程，自由制定选课计划，自己决定学习多长时间；学生也有权从一个大学转到另一个大学，而既已取得的成绩或学分应当继续有效。

第二，教学与学术研究相统一。洪堡认为大学的主要职能不是传授知识，而是追求真理，因此学术研究应当具有第一位的重要性。教授应当从事研究并且将自己的研究成果、方法以理论化、系统化的方法传授给学生，学生不仅学习知识，而且更主要是掌握独立获得知识的方法，养成从事研究和探索的兴趣与习惯。

学术的核心地位就通过这样两条原则确立了起来。就此而论，第二原则比第一原则更为根本。第一原则是对第二原则基本精神的一种保障。

以这两条原则为信条建立起来的柏林大学，效法这个模式的德国其他大学，约在五六十年的时间内就从原先比较落后的地位，一跃而成为欧洲最先进的大学。这里至关重要的原因就是洪堡大学原则在德国大学得到了贯彻，并有制度的保证。

在今天，大学又面临新的变革。大学新知识、新思想的成果促进了社会的巨大变化，知识经济、信息社会就是典型的例子，而社会的变迁同时又向大学提出了新的要求。这样，一般来说，社会对大学变革的要求一直都是存在的。不过，当这种变革与大学内部的改革要求合而为一时，就会形成强大的改革潮流。自上世纪60年代以降，在世界范围内出现了新一轮大学改革的潮流。改革的主调之一就是大学如何适应已经发生了巨大变化的现代社会及其多种需要，于是，人们提出了大学的社会责任，要求走出大学的象牙之塔。这种改革的要求与实践，促使大学在制度、管理方式以及与社会的关系等方面发生了很大的变化。在文化大革命时期，中国大学却正朝一种相反的方向发展，反智主义甚嚣尘上，甚至极端地将大学关门了事。后来在相当长的一段时间内，它们也只是处在不断的恢复之中。不过，随着社会与经济的开放与发展，它们也在仿照西方模式，主要是美国模式进行正规化的改革，同时在规模和数量上面也出现了迅速的增长。到最近，这种变革在外在方面，在形式上似乎在接近这种大学改革的潮流。然而，由于尚未在中国完全建立起来的现代大学基本原则和宗旨，曾经遭到彻底的摧毁，而在后来的大学重建过程中，这些原则和宗旨却始终受到一定程度的禁止。这样，当西方大学的改革被介绍到国内时，人们所注意的，所能理解的仅仅是其外在的现象，仅仅是结果性的东西，而最重要的东西，作为核心的东西，却几乎被人忽略掉了，或者被人着意排斥掉了。

比如，上世纪八九十年代影响颇大的《走出象牙塔》的作者博克曾任哈佛大学校长，他在此书中专门讨论现代大学的社会责任问题。但是，他强调，大学在对社会问题做出反应时，都必须尊重大学本身的重大关切，诸如"学术自由权利的维护，高学术水平的维持，学术事业免受外界的干涉"等等[1]，因为学术自由和大学自治这些价值观念是大学使命的核心之所在，[2] 而大学赖以生存的根据就是它的学术目标。[3]

另一本很受好评的著作是 2000 年出版的《21 世纪的大学》，作者是密西根大学校长杜德斯达。他认为，由于社会已经发生和正在发生的巨大变化，大学——他说的是主要是美国的大学——正面临巨大的挑战，从而正处在一个关键性变革的关头。《21 世纪的大学》要反省大学的过去，尤其是想要构想 21 世纪的大学。然而，这位美国大学校长与上面提到的他的那位同行一样，非常清楚地认识到无论过去还是未来，学术始终就是大学立身的根本。因此，改革的一个基本点就是，"通过学术研究不断产生新知识"，而这正是大学的生命的力量所在。[4] 在这本专门谈论大学面临重大挑战以及 21 世纪大学构想的著作里面，令人惊醒，促人反思的是如下一段话："我们必须坚信，大学教育更深层次的目标虽历经千年却从未改变，从未消失，因为它的意义至关重要。大学

---

① 博克，《走出象牙塔》，杭州：浙江人民出版社，2001 年，第 101 页。
② 《走出象牙塔》，第 340 页。
③ 《进出象牙塔》，第 349 页。
④ 《21 世纪的大学》，第 9 页。

扩展并发掘了人类的潜力，使人类的智慧与文化代代相传，并创造出了影响未来的知识。"大学改革的目的就在于更好地保留这些更深层次的目标，保留这些被时间检验过的价值与传统。[①]

大学之所以是大学，就是基于学术，从而也就是基于创造新知识和新思想这个根本的宗旨。由于大学的这个根本目的，它必然会产生出相应的社会效用。于是，为了清楚起见，我们可以将学术称为大学的核心价值，由此而产生出来的其他效用称为大学的外围价值。大学核心价值自然也包括本来意义上的教育，后者旨在通过学术与知识来开发人的智力和道德能力。核心价值是大学一切其他功用之源，而大学的其他社会功能或效用则是流。如果排除了这个核心价值，那么大学的其他社会功能或者说副产品，就完全可以由其他机构来替代和产生。比如文凭就完全可以由印刷公司一类的机构来制作和签发。以"走出象牙之塔"为例，大学依然必须是象牙之塔，只是塔内与塔外必须是交通的；而不是像我们这里有些人所乐意做的那样，拆了象牙塔，把大学变成一个商贸市场。

由此，我们可以相当清楚地了解，当代西方世界大学改革的主旨在于改善学术活动进行的方式，而重点在于大学的组织方式与活动方式，后者包括与社会的相互关系，从而更加有利于新知识、新思想的产生；或者更为一般地说，建立更加适合于人们智力创造得以发挥的环境，以及以其核心价值为基础的教育的普遍化和终身化的体系。

毫无疑问，这样一个对于大学至关重要的观念，是许多中国人所无法理解甚至根本不想去理解的。于是，当我们再回到这一部分开头的问题，即"大学是做什么的"的，或者说，大学本身是什么？那么，诸位很可以到互联网、图书馆去查一查，看一看那些对此具有权力、负有责任的人是怎么说的。然后，你们同样就会领会到，中国大学为什么没有自信。而我要补充的一点是，如果大学的核心价值不能在大学确保它的中心地位，那么，中国

---

① 《21世纪的大学》，第9页。

大学缺乏自信的状况就会永远持续下去。

三、学术由目的变成了手段，或者学术
如何由目的变成了手段？

然而，人们会说，这几年大学在中国确实也搞得有声有色，无论是捷报频传，还是丑闻时起，都引起人们的高度关注。什么没有自信？什么学术不占据核心地位？大学不是照样在办嘛！

确实如此。然而，对大学来说，学术一旦不成为核心价值，不复是中心目的，那么它必然就会成为手段，成为谋取大学的外围价值和副产品的手段，而后者反而成了大学的目的。大家应当清楚，大学到了这种地步自然就已经偏离了大学的正道了。

为了说清楚这个问题，我们还要浮到大学的现象层面上来。大学要能够建立起来，学术研究和教学要能够进行，除了大学教师，还需要许多其他的条件，比如校园、大楼、行政人员、后勤人员，如此等等，不一而足。

有了学术研究，就会有学术成果；名誉、经费、实际的社会与经济效益就会接踵而来。

有了大学教育，就有学生、各种学位，就有由这些学生与学位带来的荣誉和实际利益。

大学作为一个机构，就需要相应的行政组织。大学因为学科分支的繁衍、学生人数的增长，日益扩张，相应的行政组织也就越来越庞大，于是整个大学就变成一个庞然大物。大学的其他事务、各种附加功能也就随之增加、扩展。这些事务和功能，在一定的条件下就会喧宾夺主。

同时，一些问题自然也就会产生出来。大学里面聚集着一群聪明、敏感、有活力、有理想、有个性的年轻人，他们对社会、对世界持有自己的观点，他们要表现自己，不仅要发表自己的见解，还要看到自己的影响力。大学，即便以学术为手段的大学，

必然要开展学术研究，进行教学，而学术本身的逻辑就是要直面真理。于是，一些与人们的常识、传统观念、陈见乃至偏见不同的观点必定要发表出来，对社会现象的各种评论，包括批评性的评论，必定会表达出来，甚至在一定程度上会付之于行动。这就会导致观念的冲突，常识的崩溃，或者传统意识形态的危机。

这样一些物质条件、组织、人员，大学为社会带来的效用，大学教育结果的外在形式，以及大学的社会影响，按照大学的宗旨，都是来自于学术研究与教学的。由于它们在产生之后就有某种独立性，所以，人们必须在围绕大学的根本目的前提之下，即在围绕学术研究以及以此为基础的大学教育这个中心的前提之下来处理、对待它们。

倘若认识不到这一点，或者仅仅是因为认识上的不足，从而无法坚持这个原则，那么大学的这些外围价值，这些辅助人员以及相应的制度就会成为实现大学根本目的的掣肘。而当人们有意识地将这些外围的、结果性的东西当作目的时，那么学术研究以及大学教学就会沦为手段，这些设施、组织与人员就会反过来成为大学实现它的根本目的的障碍乃至杀手。

比如，学术研究与教学需要行政人员、教辅人员来协助和协调。但是，一旦学术及其教学成了手段，那么这些人员就可以反过来支配学术研究和教学，从而使学术研究和教学服从于他们，直至为他们的利益服务。又比如，各种基金、各种项目原本是用来支持学术研究的，但是它们也可以成为某些人的政绩，谋利的途径。又比如学生录取、学位授予等等都是大学教育的制度性产物，它们本来或者要以大学教学的标准为根据，或者就是这种教学的结果。然而，当人们把入学人数、把学位看作目的本身的时候，那么，入学的标准、教学的质量就会成为附属的东西。许多没有条件的学校招收过多的学生，让学生们在低劣的教学水平和恶劣的条件下几乎白白度过最为珍贵的青春岁月。与之相关，倘若没有严格的考试与淘汰制度，那么，就会有许多不合格的人被冠以各种学位，涌入社会。这样，社会就不可能因此而获得更多的够水平的人才，更不用说高素质的人才了。

　　大家知道，大学需要经费、科研基金是为了支持学术研究和教学的，但是事情也完全可以以另一种形式进行。起初，大学因为缺乏学术研究经费而办公司，结果就演变成单单为了谋利而办公司，学术反倒成了次要的东西。而最糟糕的情况就是，将原本应当用于学术研究与教学的经费、房产和土地用来办公司，从而最终使得学术研究与教学变成了大学公司获得资金的借口和手段。近些年来，由于国家各种基金的大幅增长，学术研究仿佛就成了谋取各种基金的最佳手段，而以学术为名谋取项目基金的组织与手段也越来越高明。学术在这里又一次成为手段，并且，在这种过程中，受害最大的当然就是学术本身；与此同时，在整个社会范围内，学术的尊严也受到了彻底的打击。大量的经费被浪费、被挪用，而学术水平徘徊不前，甚至反而倒退。

　　大学的职衔，如教授、副教授，原本是为了评价教师的学术成就、水平以及贡献等等而设置的，它们也是有利于作为一种现实活动的学术的必要形式。然而，教授等学术头衔，由于与较高的社会地位及相应的待遇挂钩，反倒成了一种目的，人们为了当教授而当教授，学术完全成为一种附属的东西。人们在大学里外可以看到的一种现象是，教授满天飞，大学行政机关甚至后勤机关的人员，都顶着教授、副教授的桂冠。中国大学教授数量之多，也是世界上少见的有趣现象。不过，教授的数量最多也无法提升中国大学的整体水平，否则真是可以轻而易举地超过那些教授不那么多的西方大学，比如美国的大学。现在，与此类似，人们越来越热衷于博士学位，获得博士学位的人也越来越多，然而，他们整体的、平均水平或者最高的水平却并未见上升。

　　于是，中国大学里面就出现了一种奇怪的现象，而它由于人们的司空见惯也就变得稀松平常了，以至于那些主张学术优先、学术的核心价值的人在许多人看来反而是不正常的了：学术终于变成了一种手段，而不再是目的。或者，从实际的情况来说，从来就没有真正地成为目的过。自然，学术还是需要的，但它是应该而且可以为任何其他东西让路的，在一些大学里面它成了万能的手段。不过，我们需要清楚地意识到的一点是，在这种情况下，这种作为手段的所谓学术与本来意义上的学术当然也就不是同一个东西了。

四、灰 色 学 术

但是，大学如果没有学术和以此为基础和前提的教学，那么它就失去了存在的理由。因此，学术仅仅作为手段也是必须摆放在那里的。而且这样的学术不仅有必要，还要体现出一定的水平，即便是外在的、表面的水平也行，因为后面这项事关这个手段效能的大小，同时也关系学校或者其他相关有司的面子；而在今天，它同时也是抵挡社会批评的一块盾牌。于是，很可以理解，对大学来说，学术又是必需的，还要有一点点水平。然而，在上面所说的现实状况之下，学术既然仅仅被当作手段，目的可以是任何其他东西，真正的学术研究就会遭遇各种的困难，各样的障碍，学术水平的真正提高更是一项可想、可说而不可做的事情。

尽管通往学术本身的道路非常狭窄，通向学术的表面成果的途径看起来却是四通八达的。那些形形色色的热闹的场面，五花八门的现象，大家都是见过的。红楼梦里说，没有吃过猪肉，还没有见过猪跑？现在的情况是倒过来了：没有见过猪跑，还没有吃过猪肉？

最为常见的现象就是学术成果的量化标准，这就是大学以发表的学术论文、著作的数量为衡量教师和学者的学术成就和水平的标准，于是，中国就出现了不少每年都发表几十篇乃至上百篇论文、几部著作的教师。

以行政权力为主导的中国大学，当然就有其伟大的发动能力，制造出大而不实或华而不实的学术政绩来。比如，除了在当今中国往往标志某种政绩事件的"工程"这个熟悉的名号，如"精品工程"之外，从媒体上大家还可以看到诸如"造大船"，"誓师大会"，"春种秋收"这样一些表示提高学术水平的事件、运动。不过，需要引起人们注意的往往是这种事件的开场，而它的实际结果，甚至连它们的发起人都是不会去关心的，因为，"开大船"所开之船很可能就是一条石舫，而"春种秋收"工程当秋天来临的时候，人们很可能已经完全忘记春天他们还撒播了一些广种薄收的种子，或者本来也就没有什么可收获的，乃至没有期望收获什么的。

其实，行政权力，仅仅单靠行政权力，除了无法产生出真正的学术之外，其他方面的力量却是足够可观的。因为美国或欧洲的一流大学都是综合性大学，而国内大学无法通过自身的发展成长为这种高质量的综合性大学，于是，将几所大学合并起来，一所巨型的综合性大学就在一夜之间诞生了。虽然并不能说这样的合并都没有什么意义，但是确实有不少的合并就是为了合并而合并的，不仅不能形成综合优势，就是整合成一个有机的、有效运转的学校也很难做到。与此相类似的情况就是，专业学院升级为大学。这种做法同样也有相当合理的方面，但是在缺乏学术优先原则的情况下，它们往往并不能同时建立起现代大学的合理的制度和体系，结果就是为升级而升级，名称虽然换成大学，但人们的观念、管理的体制乃至品味，都还停留在专业的、职业的学院层面上。还有一条捷径就是改名。许多历史悠久的学院和大学，将先前的以地为名改为"中国"打头，貌似壮观，实际上反而割断了历史，散发出暴发的气息。

在大学内部，这样一种从形式上、表面上提升档次的做法就更多了。系升格为学院，从而在大学里面，院满为患——至少在这一点上，许多中国大学堪称世界一流。因为院是单纯系的升格，它并不能够发挥出促进学科综合发展的优势，反而以"院墙"阻遏了各个学科之间必要的、可能的交流。

博士后作为一种人才储备机制，原来是为着暂时找不到合适工作的博士提供继续从事研究条件的制度。它确实是一种积蓄人才的有利制度，然而在国内却被拔高为最高学位，从而被视为一种"荣誉"。于是，一些原本就有固定位置的教授也纷纷去从事博士后研究，从而单从最外在的效用上来说，就可以在名片上标上博士后的称号。

上面所说的所有那些做法所要争取的就是一种承认，这就是学术和学术水平。它们原本应该是学术、学术发展和学术水平提升的外在形式、外在表现。现在情形却反了过来，以这些本来是结果的东西来提升学术，提升学术水平，而学术本身却成了外在的东西。人们所追求的并不是学术本身，而是它所能够带来的影响和实际利益。这就与有些人读博士研究生的情况是一样的。他们或者没有对学术的爱好，或者没有读博士的基础、知识、研究能力和用功精神，或者没有时间，但又觉得博士学位荣耀而有用，于是通过灰色地带，弄一个博士学位——论文自然是有的，程序自然也会是周全的，所缺的乃是真正的学术研究。

这些现象，我称之为灰色学术，或者说灰色学术现象。灰色学术不同于黑色学术，也就是通常所说的学术腐败。后者最典型的表现就是抄袭、剽窃、造假（实验、数据造假等等），当然也包括用金钱或权势获得他人的学术成果等。灰色学术最大的特点就是以学术的外在形式和相应条件的改变来替代学术活动本身。没有任何新观点、新方法、新材料的学术论文和著作就属于灰色学术。比如有一类教科书，全国几乎有上千种，无非就是那么几个规律，几个对子。因为都是相同的教条，相同的内容，只是文字表述略有不同，既没有剽窃，也不算造假。这就是典型的灰色学术。灰色学术的规模有多大？我想，大家触目所及就能找出许多篇论文，许多本著作。

黑色学术由于是直接窃取他人的东西、直接造假，所以很容易被人识别和判断出来。倘若一个学校具有最起码的校格，那么我们可以说黑色学术即学术腐败是相对容易得到遏制的。而灰色学术由于类似学术却又没有构成学术生命的原创性，对它判断的难度就远远高于对黑色学术的判断，因此相对来说也就难以遏制。实际上对灰色学术也有各种较为客观的评判标准和途径，如引用率标准、学术批评等等，不过，这要实行起来也并非易事。于是，在黑色学术盛行一时的今天，灰色学术大行于天下，也就是常理之中的事了。

　　然而，教师水平的优劣，并不在于论文数量的多寡，而在于新思想、新观点或者新方法的有无；大学质量的高低，并不在于教授数量的多少，也不在于毕业博士的多少，同样也不在于规模是否巨大，学院是否众多，称呼是否显赫。这些是大学里面的多数人都清楚地知道的事情。学术乃为天下之公器，所以在世界范围内，学术的有无以及水平的高低，事实上也是容易判断的。因此，尽管有这样雄厚的灰色学术，中国大学依旧没有底气，没有自信的根据，从而也就没有什么自信。灰色学术大行其道，也恰好说明了中国大学太缺乏自信了，如果不能说丧失自信的话。

　　尽管如此，人们还是热衷于灰色学术，因为它是最容易由行政力量来造就的产物，所以它们最适合于成为"工程"。而真正的学术研究，尤其那些基础性的、综合性的问题鲜有人去研究，即使研究也很难得到支持。于是，基础研究者就会冒双重的风险。

　　上述情况的任何一种都足以严重妨碍一所大学成为真正的大学，尤其成为高水平的大学。而在国内，差不多每一所大学都同时受着所有这些因素的制约。在这种情况下，中国大学里面即使有一些学术的中坚，甚至不少单纯以学术为业的精英，即便他们内功深厚，意志坚定，也实在是很难将大学的整体学术水平提升起来的。

五、缺乏自信的恶性循环

　　学术在其几千年的发展历史中，尤其自19世纪初现代大学原则诞生并且广为接受之后，形成了自身的规范。这些规范并不复杂，也有相当明确的检验方式和程序。学术的基本价值就在于它的原创性，所以新思想、新知识、新方法以及新材料的有无及它们的所有权就构成了学术规范的核心。我们甚至可以说，学术规范的一切其他内容都是从这个核心演绎出来的。

　　学术规范只有在学术自由的原则之下才能够真正得到施行，

因为学术之为天下公器这个性质只有在学术自由的空气里面才能真正实现。学术自由在现代社会乃是由良心和思想自由权所包含的内容。就此而论，它并非单单关涉大学制度，也直接以政治制度为前提。尽管如此，在一个社会中，学术规范依然可以作为一个特例而受到特殊的对待，就如大学在其发展的早期曾经获得过相当超前和突出的特权一样。或者退一步说，即便在当前的情况下，学术规范也仍然有相当大的施展余地，尽管在最后还会受到某种外在的约束。

但是，在学术从根本上来说处于从属地位，仅仅被当作一种手段的情况下，学术规范就会处于可有可无的状况，因为制订学术规范，并将它颁布实行，是与把学术仅仅当作手段这种做法与观念在根本上相冲突的。由于学术成果作为一种相当纯粹的精神活动的成果，是可以从理想状态上来进行考察的，因此它的规范也就具有相当强大的内在要求。这种规范自然与黑色学术不共戴天，而且也会与灰色学术产生根本的冲突。因此，虽然近年来也有某些大学用对待学术的手法来对待学术规范，这就是说，把学术规范作为一种手段，以表示自己是重视学术的，是与国际接轨的，是在争创世界一流的，但实际上却将其束之高阁——因为根本无法切实实行，这是因学术规范的实施是必须有特定的学术民主程序来保证的，而其前提就是学术自由。

学术沦落为手段，学术规范或者付之阙如，或者被束之高阁，而黑色学术气焰嚣张，灰色学术流行一时，以至于人们已经司空见惯，不以为异。同样，它们对学校和教师的自信的压迫和消磨，也仿佛成为一种当然的事情，很少会有人来质疑，或者质疑者反而被视为是不正常的。不仅如此，由于整个社会对于新知识、新思想和新方法的渴求，大量的金钱和资源于是就被投入到大学和其他研究机构之中，各种荣誉和其他利益也纷至沓来，而黑色学术和灰色学术在谋取这些金钱、资源、荣誉等等方面常常是奏效的。这样，黑色学术就在某种意义上形成了自己的潜规则，而灰色学术的规则实际上堂而皇之地成了正式规则。

中国大学的自信的缺乏，中国大学学人自信的缺乏，就在这样的关系以及其他相应的关系之中，进入了恶性循环。这种循环形成了各种盘根错节的纽带，将大学紧紧地与灰色学术乃至黑色学术缠结在一起，从而使得任何试图批评灰色学术，反对黑色学术的举动，不单单直接触动当事人的利益，而且也仿佛直接损害大学的利益——这一点人们可以从许多即便是白纸黑字、铁证如山的剽窃案也难以得到处理的事件之中，清楚地领会到。

在这样一种情况下，中国大学的低水平仿佛就成了一件理所当然的事件。甚至在一定的程度上对某些人来说成了必须如此的事件。试以大学教师选聘为例，在相当多人的意识中，中国大学高水平的教学机构或研究机构仿佛只能引进西方大学的学位获得者。我们在这里可以找出三种可能的原因，而这三种原因同时就是三个相当严重的问题。第一，中国大学水平确实低下，没有什么高水平的毕业博士，甚至根本就没有任何评价学位获得者的公认的客观标准；第二，这些机构因为设立在中国大学，所以那里面的人员也就失去判断学术水平的评价能力，从而只能以学位授予单位这种外在的标志为评判标准；第三，如果在相当长的一段时间内，这种状况维持不变，比如十年，这是从大学入学到博士毕业的一个基本周期，并且也有好几届博士可以在这个周期中完成学业，那么这就说明，即使最优秀的人才进了中国大学，也无法成为优秀的学者和科学家，自然也就无法做出优秀的研究成果。

但是，在人们具有足够的反思和清楚地认识到其中的道理之前，大学依然会有充分的理由将引进国外人才当作一种政绩，当作大学学术水平高的一个标志。简单地说，就此而言，人才引进也能够演变为灰色学术现象。对大学学术和学术规范来说，它自然会成为一种外在的限制和障碍，而其所包含的潜在因果关系可以揭明如下：中国大学无法造就优秀人才，就从海外引进，而这种引进的可能性就使得大学当局可以不必费心去提高大学水平，由自己的大学去培养出同样水平的人才；不仅如此，这种可能性还可以用作压制批评意见的消极手段，以及谋取政绩的捷径。

于是，我们便可以了解缺乏自信的恶性循环背后的规则：中国大学水平本来就低，却又背负一套非学术的原则和不合理的制度，两者结合起来就使大学的水平相对而言（比如与西方大学相比）更低；这种更低的水平就需要某种更加不合理的制度或制度之中某些更不合理的因素来维持，以保证大学在低水平层面上的运作。不仅如此，实际上，在这个过程之中，正如一位思想家所说的那样，这个制度不仅要再生产自身，还要再生产维护这个制度的人。

这种恶性循环还会扩展到更广泛的领域，比如，最常见、最缺乏批判性然而最容易为人拿来当解释的理由，就是中国的文化，甚至中国人的缺陷。让一种已经基本上被摧毁的文化来为今天中国大学的现状来负责，或者为其他问题负责，本身就是一种相当不负责的态度，而且也是非学术性的偏见。因为今天的制度是在近60年前完全重新建立起来的，并且由于此后反复发生的摧毁中国传统文明的经济、观念和文化的基础及其社会形式的运动，它与中国传统社会的文化和制度的因果关系是相当薄弱的。这种解释往往是把作为原因的东西看成了结果。

大学的学术以及其他一切的学术，在受教条主义或强或弱指导下的几十年间，使我们沦为思想、理论和知识领域的打工者。如果纯从理论上来分析，我们可以揭示出这里所蕴涵的一个前提，这就是对中国人自身、对中国文明的根本不信任。不相信中国人的创造力与压制中国人的创造力，乃是同一件事情的两个层面。这种压制与中国人创造力的衰落同样也是一个恶性循环。比如，因为我们的文化落后，所以就需要先进的思想来指导，而这种指导思想就成了一种必须当作教条来遵守的东西，不可背离、不可质疑，更不可批判。在这个意义上，原本应该是新思想、新知识和新方法创造园地的大学，成了诠释教条的集中营。于是，就如我们所经历过的那样，有一天国门重新打开，我们就会惊愕地发现，几乎在理论的所有方面，更不用说在实践方面，我们又更加遥远地落在他人后面，西方的东西，从理论到品味，蜂拥而入。而为了解释这种落后，在现实的制度之下，人们最方便拿来、使用起来也最安全的理由就是那个本不该承担如此责任的中国文化。最为可悲的是，中国整个学术界从思想、理论到方法又再一次屈从于西方之下，人们又一次为西方人打工，不过，这次换了主人，不再为少数几个人打工，而是为整个西方思想打工。比如，在哲学领域，马克思一人长期独占主导地位的结果就是，今天中国思想界的主流为西方的各种主义——比如从黑格尔、尼采、海德格尔、哈贝马斯、实用主义一直到形形色色的后现代思潮——所统治，中国人的独立的思想难见其踪影。

导致这种恶性循环的那种教条在今天依然有其余威，为了保持这种余威就必须辅以必要的行政压制，而大学又无法将学术确立为自身的核心价值，大学的教师和其他研究人员精神上的创造力就会在灰色学术中消磨掉。这样，且不说自然科学，在社会科学和人文学科领域，中国学术的领域竟成为西方各种思想、理论的竞技场。而这必然会反过来进一步挫伤中国大学的自信——主要是相关责任者的自信，其次就是教师和学生的自信，从而在新思想、新知识的原创方面自觉或不自觉地将自己列入二流或更低等级的位置。一些著名大学的领导一方面虽然经常口出煌煌之论，比如如何创建世界一流大学，另一方面，在面临大学实际事情时，无论是改革与制度建设，还是大学基础建设，除了利益的考量之外，却常常以三流的心态和态度来处理，美其名曰"我们是第三世界国家"。这样的定位自然也就使中国的大学实际上是以三流的标准来对待一切事情，于是，从心理上来说，大学没有自己的品格，没有荣誉，没有标准，其内在的原因也就不难理解了。

六、大学自信的渊源：为学术而学术

中国大学能否走出这种缺乏自信的状态，走出这种恶性循环呢？

答案当然是肯定的。

中国大学中的灰色学术、黑色学术以及诸如此类的其他现象盛行一时，说明中国大学缺乏抵抗这种疾病的免疫力。需要说明的是，这不是那种免疫力先天缺乏的病症，而是后天获得的一种疾病，它是可以治愈的。不过，就如通常的治疗一样，它必然会对病态的躯体带来某种看起来是有伤害的副作用。对大学来说，这些所谓的副作用实际上就是必然会触及那些借灰色学术乃至黑色学术谋利的人的利益，那些或者并不直接从这种现象获利，而是因它们的存在而获利的一些人的利益。自然，它同时也会伤及大学的一些外围的利益。但是，这正是一切改革必然会面临的问题，一切治疗必须付出的代价。

既然学术本身是大学的核心价值，那么为学术而学术就是一项必然的推论，而大学就必须为这样一种精神的存在、活动和发展提供一种空间。现代社会的一个制度特征就是"目的—合理的"行为模式。对中国大学来说，合理化正是其制度和管理方面最薄弱的方面。就"目的—合理的"模式来说，作为核心价值的学术构成大学的目的，大学的一切制度和管理就必须以此为中心来制订和衡量，这就是说，大学的制度和管理正是为学术这个目的服务的工具和手段。这一点对于中国大学来说，是一个革命性的观念，倘若付之实行，将会出现一种根本性的变化，就像蔡元培当年的北大改革一样。倘若这个基本观念得不到承认，学术无法被确立为核心价值，为学术而学术依然会被视为一种政治错误，或者继续遭受市侩式的怀疑和嘲笑，随之而来的是，中国大学不可能获得自信，更不用谈其他一切更高的目标。

因此，中国大学确立自信的第一步就是充分认识到学术本位的立场，确立"以学术安身立命"的观念——这种理想主义的建议确实受到了人们的怀疑，甚至也受到了要求提高中国大学水平的热切改革者的怀疑和轻视，并且可以肯定的是，它还将继续受到这样的怀疑和轻视。然而，只有清楚地认识到这个观念的重要性，然后再从"目的—合理的"模式来分析，那么人们就会发现，实际上大学里竟有那么多的原则、制度、机构设置和管理方式，对于学术这个核心价值来说，恰是"目的—不合理的"。

第二步自然就是将这个核心价值具体化为各种原则，而在所有各种原则之中，最为重要的就是学术自由的原则。因为当学术作为核心价值确立之后，大学这一学术共同体就必须采取学术民主的原则来进行学术管理，也就是说，学术、教学的决定权必须掌握在所有教授手中，而不是某几个人手中，更不是行政机关手中。

除了利益的冲突之外，学术自由和学术民主还包含着信任的前提。中国大学自身缺乏自信，而这必然导致对大学教师的不信任。对学术而言，"目的—不合理的"制度和管理方式，必然包含着这种普遍的不信任。自然，这种不信任也会导致许多怪异的现象：比如，评定学术成果的数量标准、获奖标准等等。因为这种信任的缺乏，即使在中国最好的大学里面，也会出现与学术共同体观念正相反的事件：对学术成果的评价，以及对教师水平的评价，完全依赖学术共同体以外的判断。而一所研究型大学，原本就应当是一种学术标准的权威机构，或者至少代表一种学术标准。当所有的大学都要遵从某种外在而一律的学术判断及其标准时，大学往往就只具有一种外在的形式，而失去了其内在的生命。于是，在这里我们看到了理论观点与历史事实的一个结合点：大学失去其核心价值与现代中国历史上的所谓"知识分子改造"正是同步发生的事件。这种改造运动以及其他类似运动的对象正是那样一群人：他们既与中国传统文化保持直接的联系，又开始了解并逐步接受现代世界的观念和思想，并且正在养成和发挥新的创造性——这样一种复合的观念特征对于中国现代社会的转型是非常必要和有益的。这类改造的结果，单从自信来说，就是中国社会中坚力量，比如知识阶层的精神自信和道德信念受到严重的摧残。

当然，这里人们可以提出的一个问题就是：即便仅仅就在大学之内，谁有权、有资格来信任谁与不信任谁？几乎没有什么人来追问过这个问题，自然也鲜有人来回答这个问题。然而，在学

术自由以及学术民主付之阙如的时期，人们很可以了解到事实给
出了什么样的答案。

※　※　※　※　※　※　※　※　※　※　※

今天，中国大学与世界上其他地区的大学，尤其与西方社会
的大学，面临一些共同的挑战，比如经费短缺、急速发展的知识
和信息社会与传统教育模式和方法之间的冲突、全球化的快速推
进、终身教育与高等教育大众化需要的压力，如此等等，不一而
足。但是，相对于西方大学，在面临这些挑战时，中国大学处在
一个极其不利的地位。这不仅因为西方大学是自治的，具有相当
大的独立性，拥有悠久的传统，具备合理化的现代制度和管理水
平，拥有较好的物质条件，在外在方面，始终能够维护自己的核
心价值，坚持学术自由与学术管理民主化的原则。正是由于保持
了这样的核心和基本原则，所以我们看到，那里的大学改革始终
就有一个基本的限定，这就是改善新思想、新知识和新方法的产
生方式、环境和条件，并且作为一种必然的结果，让整个社会有
充分的机会来分享这些大学特有的产品。也就是说，大学改革，
无论是自身的改革，还是面对社会的要求而进行的改革，始终是
在大学作为大学，作为学术共同体的前提下，围绕着学术的中心
地位而进行的。而中国大学却是在这样一个核心价值尚未被人充
分认识到，尚没有确立起来的情况之下，而其他条件弱于西方大
学的情况下，面临这些挑战的。中国大学因此就处于三重不利的
状况之中。以往的历史表明，在这种情况之下，中国大学改革最
可能误入的歧途就是全力追求大学的外围价值而丧失应有的核心
价值。

面对上述挑战，正确的选择——对于那些研究型大学，那些
要争世界一流大学的大学来说，唯一正确的方向——就是回到大
学本身，这就是回到学术，回到大学的立身之本。这是中国大学
树立自信的唯一可能的途径。一切不了解这个道理的人，一切为
了单单谋取大学学术以外的价值与利益的人，必然会从最为外在

的条件着手，高高挑起迎接挑战的旗帜，而旗帜下面所掩盖的却是一番早已准备缴械的心态。

为了中国大学的自信，让我们打起"为学术而学术"的旗帜。

2006 年 8 月 1 日改定于北京魏公村听风阁

终身教职与学术共同体①

引　　子

　　在这个题目之下，我要讨论的一个核心问题是：大学作为一种历史悠久、愈益兴盛的学术机构，它有什么样的宗旨和原则；在这样的宗旨和原则之下，直接影响和决定大学的学术水平和学术活动的教师是一种什么样的群体，他们为什么应当享受终身教职的待遇。

　　在这个讲演的开头，我要提醒大家注意一个非常重要的事实，即我们是在中国社会的环境之中来讨论大学问题的——尽管许多朋友原本就有这样的清晰的意识。在许多情况下，人们就因为这样的意识而持一种消极的态度，以这个环境为借口或理由，不仅对中国大学改革不抱多大的希望，甚至连原则的探讨、理论的研究也都大打折扣，而不敢直面问题本身。这是非学术的态度，而与这里所要讨论的主题的宗旨是正相违背的。因为无论终身教职，还是学术共同体，都事关一件基本的人类活动，这就是学术。虽

---

　　① 本文是在"中国计算机学会青年计算机科技论坛"于 2005 年 9 月 24 举行的"高校教改路在何方？"论坛上所发表的讲演稿基础上修改而成。《中国高等教育》2006 年第 20 期曾摘要发表了其中的大部分内容。

然在中国很早就有学术活动，但是，现代中国大学的学术体系，从原则、学术分类即学科到方法，甚至一些观念都是从西方引进的。这是一个无可回避的事实，关键在于我们如何对待它。

一

　　西方学术①传统发源于古希腊的文明，而其原则来源于古希腊的哲学精神，这就是形而上学的精神和实证的精神。

　　形而上学的精神至今依然是一切哲学和科学的根本的精神动力，这就是人们追求事物的根本法则、基本元素的意向和志趣。实证的精神更具有科学的特点，这就是无论知识还是观念，都要求某种可证明性，无论是证实还是证伪。实证的精神在古希腊的哲学和科学之中萌芽，在文艺复兴时期得到进一步的发展，因为实验的方式和原则是在那个时代发展起来的。在此之后，随着近现代实验科学的蓬勃发展，实证的精神逐渐明晰和完善起来，并且在一方面与形而上学的精神密切结合，另一方面却在彼此冲突的进程之中，形成为现代学术的主要原则。这两种精神对包括自然科学在内的现代学术发展所起的可谓是最终动力的作用。

　　按照这样的精神和原则，对学术来说，并不存在任何研究、分析和讨论的禁区，不过，任何的研究和探讨，必须是合理的、在一定意义上是可以得到某种形式的证明的。这就是通俗所说的"科学无禁区"的思想。"科学无禁区"这句话，人们虽然耳熟能详，然而在事实上，中国的学者大多数自觉或不自觉地为自己划定一个禁区，甚至基本禁区。比如，一些人认为，自然科学或许

---

　　① 汉语"学术"一词的意义上与德语 Wissenschaft 接近，但后者常被译为"科学"，从而导致误解。Wissenschaft 与 science 是在意义上面有着相当大的区别的两个概念。Science 主要指实证的或通过经验获得的知识，而 Wissenschaft 的范围更广，指一种系统的知识，除了实证的或经验的科学之外，凡哲学、道德、艺术以及事关价值等方面的知识也皆在其囊括之中，这正与汉语"学术"一词相合。就此而言，英语中与它们对应的乃是 knowledge。文德尔班指出，在自苏格拉底以后的希腊文献里，所谓哲学恰恰就是德语 Wissenschaft 所指的意思。（参见文德尔班，《哲学史教程》上卷，北京：商务印书馆，1996年，第8页。）

无禁区，但关于社会的以及人文的研究是有禁区的。即使自然科学家和技术工作者，许多也摆脱不了这样的自我禁锢。于是，一个至关重要的问题在这里就凸显出来：学术活动始终是与特定的社会条件联系在一起的。从现代学术，尤其是自然科学的发展大势来看，它们必须在一定的形式之内才能够得到良好的发展。这一点是可以用经验的材料来进行实证的检验的。正是在这个意义上，世界上，无论在中国还是在西方，根本没有以纯粹的形式存在的自然科学活动。倘若存在的话，那么中国科学的落后，就真是中国人的智商问题了。所以，任何学术，无论自然科学，还是社会科学，都是一定形式、条件之下的学术活动。

就现代学术而言，其借以存在的最重要的、最根本的一种方式和条件就是大学，这就是人们所说的学术共同体。如果我们仔细研究现代一百多年以来学术发展与社会条件以及学术共同体形式之间的关系，那么就可以清楚地看出，自然科学、社会科学和人文学科的发展，对社会条件和学术共同体形式的依赖是多么的深，多么的重。我的一个基本观点就是：学术环境，包括社会环境和学术共同体的环境制约着中国科学的发展，这种环境不改善，中国科学研究的水平要居于世界前列是不可能的。就此而论，不是中国人的自然的属性，比如智商水平，而是中国人的社会形式，制约着中国学术的发展。

因此，这里所要讨论的终身教职的问题、学术共同体的问题，从根本上来说，并非单纯的学术问题，也不仅仅是一个大学制度或教育制度问题，而是一个社会制度问题。对于这一点，这里必须明白地提出来。只有在这样一种认识之下，我们才可以进一步得到关于如下问题的合理而明确的概念、计划或方案：在中国学术制度之中，哪些层面是可以通过技术手段来解决的，哪些是无法通过这个手段解决的；哪些问题是现在可以解决的，哪些是现在无法解决的。

在这里还必须提到一个重要的观念，一个基本信念，这就是，在原则上，在理想上，为学术而学术，为科学而科学。这个信念所表现的正是上述的形而上学精神和科学精神，而在主体之中具体化为一种普遍的原则。所以，对于以学术为业的人来说，在这个无论人性还是社会充分复杂的环境之中，学术研究必须仅仅遵从学术的原则来评判，学术成果必须仅仅从学术标准来评判；简单地说，人们必须直面学术本身，一切外在的动机固然有其合理的理由，但是在纯粹学术活动范围之内，它们应当退避三舍。比如以中国社会改革为例，或者更具体地以中国大学改革为例，学者必须直接从事大学基础理论研究，直面大学原则本身，至于权衡、平衡、措施主要是政治家们的任务，而绝非学者的职责。对于政治家们来说，理论以及相关的批评就提供了一种评价标准，至少提供了使他们以及其他人得以进行评价的参照。

只有在这样的认识之下，人们才能够形成关于中国及其改革的理论的客观的、批判的和构成的观点，从而能够将关于现代大学的理论、原则的学术观点与政治家们的策略与宣传区别开来。

在中国社会里，关于终身教职的讨论还有其特殊的意义。一方面，我们有过铁饭碗的传统，而这种传统的制度在政府机构、事业单位里面还顽强地维持着，这一点在大学里面最为明显。它代表了一种比较落后的终身制，但它也在一定程度上塑造了人们关于终身教职的观念。不过，在这样的语境之下，终身教职往往就会导致人们的消极的领会。这种终身制是有其巨大的代价的。在大学，它的代价就是教师学术权利和权力的缺乏，而其中最致命者，就是学术自由的阙如。所以，此种终身制是在消极意义上的，你只要不犯错误——错误的定义通常是没有一定之规的——就可以在大学的讲台上待到退休。在这种制度之下，人们具有相当大的消极活动的空间，因为可以有许多学术以外的途径可走，但有利于学术活动的空间却相当狭窄。

另一方面，在今天的中国，原始资本主义的原则又成了广义劳动市场的主要原则：雇员毫无保障，或者极少保障，没有维护自己权利和利益的组织。反对终身教职的部分理由就是来自于这种原始资本主义的观念。这种现实状况不仅与中国现行大学制度形成了冲突，而且也必然会与合理的大学制度改革形成冲突——这一点人们往往会忽略，原始资本主义的观念往往成为某些人将某种过时的乃至反动的制度当作改革方案的理由，而后者从观念上到制度上的消极影响，也是不能低估的。

二

一般而言，终身教职首先出现在德国，因为至少从柏林大学建立以来，德国大学的教授就属于官员系统，而终身雇用则是德国官员制度的重要内容。学术自由，学术研究与教学相结合，事实上也只有在终身教职的条件之下，才能够真正得到实行。在德国，因为教授的终身制被视为理所当然，所以在相当长的时间内并没有成为一个引起争论的问题。

终身教职首先在美国引起人们的重视和热烈的讨论。这种讨论与在德国不同，它的直接起因就是学术自由。如果说在德国教授的终身制主要是出于传统和官员制度，那么在美国教授的终身制主要是为了捍卫学术自由。所以，我们通常所看到的关于终身教职的文献，大都是从美国谈起的。比如，人们经常引用的就是美国斯坦福大学前校长唐纳德·肯尼迪的一段话："终身教职不是一项古老的制度。它最早出现于 20 世纪初的威斯康星大学。……那时，威斯康星大学是拉富特进步主义的堡垒。教师要表达异端观点而又不遭政治报复，终身教职就被认为是必不可少的。这个观念后来得到广泛的传播，现在它已经成为美国高等教育中一个不可分割的组成部分。"①

在进入问题的讨论之前，我先引证一些数字："在今天的美国，大概有七万名大学教师，其中 28％是在研究型大学，26％在综合性大学，20％在二年制学院，8％在文科学院，其余的在专科学院，如私人业主学校。在这些教师中，有三分之二的人拥有专任职位，其中，多数拥有终身教职，大部分在二年制或四年制

---

① 唐纳德·肯尼迪：《学术责任》，新华出版社，2002 年，第 164 页。

的公立学院和大学主要从事教学工作……。"①

　　毫无疑问，在今天，人们对终身教职有了更为全面和深入的了解，这包括它所包含的积极意义，以及它可能存在的消极影响。这里我先来分析它的积极意义，或者它为什么是像大学这样一类学术共同体的基本制度。这样的分析可以有很多不同的角度，我主要考虑如下几个方面。

　　1. 终身教职是针对大学这样的学术共同体而言的。事实上，现在的大学已经不是单纯的学术共同体，"巨无霸"式的大学一旦形成，就成为有多种取向的一个机构。不同的宗旨，不同的制度，或者更为重要的，不同的社会环境，决定了大学的目的和功能。我这里所说的学术共同体，是从积极的意义上来理解的。这就是说，学术活动乃是大学的基本活动，大学是以此为宗旨的，其制度是围绕这个宗旨而设计和建设起来的。大学有种种不同的类型，并且人们也可以从许多不同的角度来考察它们，所以为了简单起见，我暂且将这里所说的大学定义为研究型的综合性大学。这种类型的大学将新知识、新思想的创造放在第一位，在这个基础之上，教学与其有着同等的地位。这样的大学就是以学术立身的，并且必然是要以学术来立身的。然而，即使这样的大学也并不简单地等同于学术共同体，学术共同体主要是由其中的教师、研究人员构成的。这就是说，它是由新知识、新思想的创造人员构成的。

　　2. 新知识、新思想的创造需要自由的空间。虽然有大致的学科领域，虽然有无数未知的现象包围着我们，但是，在一种知识创造出来之前，在一种思想形成之前，没有人能够确切地知道它会如何产生出来；包括个人应当如何努力，采取何种方法，何种工作方式，都是无法预先知道的。这一事实无疑说明了学术的、思想的、甚至个人生活方式和工作方式的自由空间的重要性。

　　3. 与此相关的一点，许多知识和思想产生出来之时，实际上人们并不了解它有什么用处，或者在许多情况下，根本难以预言、

────────────

①　杜德斯达：《21 世纪的大学》，北京大学出版社，2005，第 122—123 页。

断定它们有什么用处。因此，没有人能够确切地指出哪些新的知识、新的思想是有用的，或无用的。而且正如我前面所说的那样，西方科学的精神来源于形而上学的追求，而它所蕴涵的一个重要原则就是"为学术而学术"。这一点是西方科学，或者更准确地说，是学术发展和繁荣的基本动力。对此，没有人有权来决定何种学术活动是可以做的，或者不可以做的。至少积极的干预是不允许的，尽管消极的限制一向就存在。

4. 学术活动，或者知识、思想的探讨需要自由交流和自由表达的空间，没有自由交流和自由表达的学术活动是不可想象的。虽然学术活动，无论是自然科学，还是社会科学，在很多情况下，都是很个人化的行为，而基础学科和人文学科尤其如此，但是它却非常依赖交流与表达。

5. 学术活动也需要自由扩展的空间，从一个专业向另一个专业的扩展，从一个领域向另一个领域的扩展，这都需要一个学术共同体的环境。现代学科发展，一方面是更加专业化，另一方面却是综合化，物理化学，生物化学，数学与经济学，数学与计算机，如此等等；而在社会科学与人文学科领域，纯粹的单一学科的研究越来越不具有现实的意义。无论学科的专门化，还是综合化，既是学术共同体的结果，也是学术共同体存在的理由。

6. 除了学术本身的手段，没有人能够以其他的手段或方法来判定学术的问题。因此，以学术批评以外的手段来处理学术问题，必定是不正当的。

7. 可以抽象地说，大学就是具有上述特征的学术共同体。不管创办者是像洪堡那样的明白这些原则的智者，还是像斯坦福夫妇那样有其实际目的的贤者，一所大学要成为研究型的大学，就必须满足这样条件，使得要求如此环境的一些以学术为业的人愿意进入。他们组成了学术共同体。就是这样一些人，带来了学生，带来了其他的辅助人员和行政人员。所以，教师是一所大学的逻辑起点，尽管实际上创办一所大学的念头、财力、行政活动或许并不是出自教师；学术是一所大学的逻辑终点，尽管实际上人们更看重它的外在的结果和功用。

8. 这样的学术共同体是有规则的，而从理论上来说，这种规则是由学术活动本身生发出来的。也就是说，学术活动的条件一旦普遍化，就立即成为一种自我论证的规则。比如，原创性的原则，平等的原则，学术为天下公器的原则，学术客观与中立的原则，如此等等。

以上的讨论表明，学术活动本身导致学术共同体的产生，而学术活动的主体关于自由的空间、学术自由的要求一旦普遍化，就会导致自我证明的学术规范的产生。

然而，至关重要的一点是，从理论上来说，学术活动虽然能够生发出自己的规范，但是却需要必要的外在条件。在今天，就自然科学和多数社会科学来说，研究要以所费不赀的物质条件为前提，因而也就需要社会的资助。因此，除了政治的因素之外，对学术共同体规范的侵害，或者说，对学术自由的侵犯，同样也来自于社会，比如企业、个人等等。简单地说，任何企业与个人都具有特定的利益，然而，学术就其为天下公器的性质，是无法照顾任何特殊利益的，否则就会蜕变为非学术的宣传乃至骗术。

于是，学术共同体为了抗拒这种外在的侵犯、诱惑，就需要制定一定的条件和制度，保障共同体中的成员在从事学术研究以及处理学术问题时，仅仅遵从学术的原则。终身教职就是这样一种保障的制度。

在美国的大学史上，终身教职主要是为了学术自由而设立的，而在德国，终身教职还有更多的意义，比如保障大学教师能够在一定的生活条件，实际上是相对富足的生活条件下，为了学术本身的目的而从事学术研究。

新华网 2004 年 4 月 16 日一篇报道说，"我国科技人员的贡献率为何低于国外？中国工程院院士李国杰在中科院日前举行的科技创新案例报告会上坦陈，其原因有四个：自信心不足，不敢啃硬骨头；选题不精，广种薄收；创新环境不如国外，协作交流不够；创新文化和科学精神有较大差距。李国杰指出，值得警惕的是，我国科技人员贡献率低的背景是：我国中学、大学的基础教育不比国外差，重点高校与科学院的上网条件与国外差距不大，国内重点实验室的设备条件与国外差距不大。"

与李国杰的判断不同，我认为，这里最关键的原因或者因素乃是缺乏为学术而学术的精神，而并非自信心的问题——学术自信心只能来自于为学术而学术的精神。从社会环境来看，则是缺乏秉承这样一个原则的学术共同体，或者说，多数学术共同体被无数互相矛盾的原则支配着，最后的结果，多数人被引导乃至被强迫去追求实际的利益。如果这种实际利益仅仅就是科学知识的实际效用，它离学术本身的原则就已经有一定的距离。然而，一旦科学研究的目的就是实际利益，那么这里就会发生一个根本性的转折：如果学术仅仅是获得实际利益的敲门砖，那么为什么还要那么辛苦地从事研究呢？学术共同体就会沦落为以学术为名的利益共同体，而实际上常常就是谋取非法利益的共同体。中国科学界的腐败问题多数就来源于这里。[①]

为什么会这样？因为事实上，整个学术评价体系、学术资助体系在很大程度上是为了实用目的建立起来的，并且是鼓励人们为了谋取实际利益来从事科学工作的。而这与为了保障纯粹学术研究的原则而建立的终身教职以及其他的保障制度，在宗旨与原则上都正好是相反的。我在这里再提一下两种不同原则的对立。为学术而学术的原则：为保障和促进学术，需要一定的条件，物质的和精神的条件；学术在这里是目的，其他都是手段。为了实际利益的学术：学术在这里是一种手段，目的可以是任何实际利益。不过，我要指出的是，实际上即便在今后相当长一段时间内，人们都无法理解或者不愿意去理解，这两个不同原则为什么会产生差异巨大的现实结果。

三

以为学术而学术的原则为指导、并且坚持学术自由的学术共

---

① 这个讲演发表之后暴露出来的"汉芯事件"非常生动、非常清楚地证明了这一点。

同体，对于社会具有重大的意义，而并非单单对于大学本身具有意义。我们可以从如下几个方面来分析。

1. 学术活动是人类活动的一个重要的层面，而知识探求构成了人们生活意义的主要部分。事实上，在知识越来越复杂的今天，这是一个主要由特定的专业人群来从事的活动。因此，学术共同体就是人类知识探求、新思想的大本营。

2. 事实上，新知识、新思想对促进社会发展，增加人类的整体利益具有根本性的作用。这一点是不言而喻的，无需多作证明。

3. 现代世界，社会利益极其多元化。唯有大学学术共同体或其类似者——倘若坚持学术本身的原则——能够保持一种完全从学术、理论出发的立场。在这里，学术、理论的原则具有自我论证的力量。但要保持这种力量，就必须有学术自由的环境，而学术自由在这里就直接以终身教职为依靠。企业有自己的特殊利益。企业也有研究人员，研究人员进入这种企业研究机构所要接受的条件之一，就是必须服务于企业的利益。政党也是一样。这样，在现代社会，大学，或者还有其他类型的学术共同体，就成了客观和中立的理论、意见、评价等等的堡垒。或者更积极地说，成为社会批判的堡垒。这些对于一个社会的正常发展，正变得越来越重要。

4. 对于社会，小至一个地区，中至一个国家，大至整个世界，人们从自己的经验、当下感觉等等出发看问题，与从学术、理论出发看问题，其角度和观点是会相当不同的，从而所得出的体会和见解也会是大为不同的。大学学术共同体能够提供专业的、综合的和理性的知识、观点和评价。一个国家缺乏这样的共同体，就难以形成主导性的、具有可信度的主流意见，以及相应的理论等等。另一方面，个人、社会、国家，都需要专家的意见。只有坚持为学术而学术原则的学术共同体才能提供这样的观点、意见和分析。

5. 社会需要多种观点和全面的分析，唯有这样的学术共同体才能够提供多样的、全面的观点、意见，并且重要的一点是：这些观点、意见等等是以理论诠证、实验证明等为基础和手段的，因而不同观点之间的争论是一种理论的、因而理性的争论，并且在多数情况下是一种可验证的科学的争论。无论对于自然、社会，还是对于个人，以此为前提和根据的多样的观点和意见，都是必不可少的。

6. 在现代社会，一个以理性和合理性为基本特征的思想观念和理论的中坚力量的存在，乃是维持社会稳定和发展的源泉、坚持社会公正的必要条件和制度。学术共同体乃是这样的中坚力量的思想的渊薮。它同样也是抗拒社会任何强权、愚昧观念和思想的堡垒。

四

诞生终身教职制度的国家，也是最早批评这个制度的地区。无论在美国还是在德国，它都受到了不少的批评和质疑。

它受到批评的主要理由是，这种制度导致教员创造力下降，学术动力减弱，教学工作质量下降。在中国，就如任何其他事情一样，当然还有更多的问题：比如兼职过多（不过，在中国兼职越多的人，越可能是终身教职的获得者）。对此可以提出如下的一些解释和措施。

1. 这样一种学术共同体的存在，本身就是社会生活的需要。即使它仅仅产生新的知识、新的思想，而这些知识在当下并不见得有其实际的效用，仅仅使人有精神上的享受，实现精神的创造力，它的存在就是有价值的，或者这样的活动本身就是一种价值，同时也就是它存在的理由。关于这一点，在当代中国社会里面鲜有理解者，实在是令人非常奇怪的一个现象。中国传统社会虽然没有首先或独立地产生出自然科学、社会科学的体系来，但对人的精神活动，精神的创造性活动，向来就持十分尊重的态度，并承认它本身就是一种价值，有其独立存在的理由。这样一种态度在大学被摧毁的时代也受到了同样的摧毁。

2. 终身教职原本就是授予杰出而有成就的人士的，而不是一项普通的职位，因此在成熟的终身教职体系里面，有一套严格的遴选制度。经过层层合理的遴选，在终身教职上真正以学术为职业的人就会占到多数。这是非常重要的一个基本判断。

3. 在现代大学制度中，学术共同体始终是一种法治下的机构。因此，终身教职乃是一种契约关系：相对这个共同体或者大学，终身职教授的权利、职责和义务等等都是需要通过契约明确规定的。在西方的大学，教授的权利通常包括自由离开大学的内容。这样，所谓终身就不是绝对意义上的终身，而是相对意义上的终身。

4. 与契约相关，学术规范与评估始终是必不可少的。关键的问题并不在于是否需要评估，而是如何进行评估，比如如何确定评估的原则。在这里所能遇到的最大的困难就是，目的似乎很明确，但路数和手段却是不清楚的。这一点正与学术共同体的宗旨有直接的关系。因为我们不知道新的知识究竟是如何获得的，所以每一个人都在探索，没有一个人可以告诉其他人一个统一的工作方式、工作进度，甚至工作强度。因此，评估的原则、标准就必须通过学术共同体的民主来制订，而实施者和最终的评判者始终必须是学术共同体的成员，而不可能由学术之外的其他人员越俎代庖，尽管最后的结论要由一定的行政程序来认定。

评估最受人质疑之处，就在于其手段及策略无法达到令人普遍满意的客观、有效的标准，而这正是由学术共同体乃是思想和知识产生的场所这一特点所决定的。

从既有的经验来看，大约可以归纳出两类方法。一种是最优评估，但这是行政组织做不到的事情；另一种是合格与否评估，这虽然可以通过行政组织来实施的，然而标准与判断仍需依赖学术共同体的成员。最优秀者的出现，始终需要的是一种自由的环境，以及比较纯粹的学术环境，亦即具有严格学术规范的学术共同体，因为他们的成功几乎都是出于纯粹的学术兴趣。而在社会科学和人文学科里面，情况也是一样。当然，动机之中可能也包括某种社会责任感。即使纯粹的技术领域，兴趣也占有重大的比例。而严格的学术规范正是纯粹学术兴趣得以充分发挥的必不可少的保障。

5. 在不同的大学里面，终身教职总有着不同的补充措施，比如，专任讲师（或终身讲师）制度、基本工资制度，如此等等。此外，在实践经验发挥重要作用的领域，比如医学、工程与技术、影视、表演艺术领域，如何使实践与教学和研究结合起来，也有各种可能的途径，比如固定而有一定限制的兼职教授，如此等等，不一而足。

6. 最后，人们对此必须具备的一种心态乃是：任何一种制度实际上都有其不完善之处；某种代价是必须付出的。可怕的是如下一种流行且占支配地位的观点：如果一种新的制度不是百分之百的完善，那么宁愿采用一项弊端丛生的旧制度。人们需要的是这样一种比较视野：哪一种制度，在理论以及在实践上更切合大学的宗旨，更能够达到现代大学本身的目标？而不是那样一种心态，即如何能够与现行各种不合理从而在根本上有害于中国学术的社会制度相妥协？

五

在中国讨论终身教职与学术共同体的问题时，我们始终必须意识到一个重要的社会－历史背景，这就是中国的大学从来就没有走进过象牙之塔，而始终在政治、经济（或准确地说，商业活动）的闹市上被人牵来牵去。大学必须成为一个自主的学术共同体，自己能够决定自己的宗旨与原则，自己能够承担责任。中国大学在相当长的时间内没有享受过什么大学应有的特权，没有经历过自为的阶段。因此，对中国的大学来说，首要的问题就是走进象牙之塔。这也就是我们讨论学术自由、学术共同体及其特权的实际理由。

大学对社会的主要贡献就是新知识、新思想，在今天当然也包括新技术，以及毕业生。大学作为产生新知识、新思想的学术共同体之场所，作为教育机构，就会产生一些形式；就前者来说，它们构成了大学外在的层面，比如学位、学衔、荣誉、著作与字数、奖项。大学对中国社会来说，乃是外来的制度和机构，因此由于缺乏形而上学的传统和科学的传统，一些人，通常是有司，不理解为学术而学术的根本意义，所以就会将这些外在的东西当作了根本性的东西。而这些东西一旦与利益集团结合在一起，就会喧宾夺主，将大学的根本宗旨掩盖和抹杀了，而将外在的东西当作主要目的来追求。

在讨论中国大学改革、建立现代大学制度问题时，这一至关重要的问题必须得到高度的重视。这个问题不解决，中国大学就会永远是一个大杂烩，什么都能做，就是无法提供新知识、新思想。

在这个讲演的结尾部分，我要强调一个观点，作为以上阐述的结论。

为学术而学术的原则，以及由此而来的学术自由的要求，是终身教职的根本理由。一种有创造力的、有效率的、公正而开放的学术共同体，必须包含终身教职的制度。为了维持这样的学术共同体，维护学术自由，保证终身教职的制度，就必须允许相应的自治组织：在大学内部是教授会议，在大学外部则允许更为一般的组织，比如大学教授联合会一类的自治组织。人们常常景仰美国大学的巨大优势，却往往忽略了这种优势背后的制度保证，教授联合会就是其中一例。

大学之中的学术共同体就是一群怀着为创造新知识、新思想以及培养学生的目标、为着这样的目标，或者至少接受这样的目标来到大学的成员组成的。出于这样的目的，这个共同体同时就是一个享有特权的机构。终身教职只是这些特权之中的一项，而后者的目的，除了学术自由之外，是为了保证大学其他特权的公正和有效的行使：学位授予、课程讲授、一定权限内的学衔授予。

学术共同体以及教授自治组织，无论是内在原则方面，还是外在制度方面，构成了维护学术自由、追求为学术而学术的精神的中坚力量，对于制衡其他的权力和力量，具有重要的意义。当人们在批评中国的大学以及其他学术机构不坚持学术本身的原则，不考虑长期的学术目标，不重视基础学科，无法产生出新知识和新思想，不维护学术与大学的荣誉等等弊端和缺点的时候，他们千万不要忘记追问一个问题：真正能够做到这些的中坚力量和机制是什么？

2005 年 9 月 18 日初稿
2006 年 6 月 18 日改定于北京魏公村听风阁

质疑"中国学术自主性问题"的正当性^①

　　一、学术自主性问题的正当性。学术自主性并不是一个自明的问题。我想问的第一个问题就是，什么是学术？在汉语里面，学术是一个比科学更广的概念，在其他的语言中，情况不尽相同。但是，学术的精神与科学的精神是一致的，这就是对这个世界的事件所做的系统而有方法的探索，它在观念层面的形态是理论性的和知识性的。它的知识论特征就是开放的、批判的。在这里面，除了人文学科外，社会科学与自然科学的原则基本上是一致的，就是除了上述的特点之外，尚需明证性。于是，第二个问题，什么是学术自主性？今天坐在一起讨论的都是人文与社会科学学者，这个境域表明，在议题的设计者看来，学术自主性仅仅是一个只有人文学科与社会科学才有的问题，自然科学并没有这样的问题。因为议题是"中国文化下的学术自主性问题"，所以看来也只有中国的人文学科与社会科学有自主性问题。这样，我就要问一下，学术可以是不自主的吗？或者说，从事学术是可以在"他主"的情况下进行的吗？这在我看来是不可能的。可以明确地说，没有自主性就没有学术。因此，这个议题所揭示的只是"有没有学术"，而不可能是这样的情况：有两种学术，一种是没有自主性的，另一种是有自主性的。所以，紧迫的问题其实是，将学术与

　　① 本文是在 2005 年 11 月 5、6 日由《开放时代》主办的"中学术的文化自主性"论坛上发言的整理稿。

非学术明确区别开来，而后者主要就是现在甚嚣尘上的以宣传、布道、价值主张、复制（剽窃、抄袭、欺世盗名等等）来冒充学术的伪学术。这些都是事关学术本身的问题，而不是一个区域性的问题，尽管这些现象在中国已成司空见惯之势。这里，还可以再追问一下，自然科学有自主性问题吗？

二、文明发展的可能性。听了上、下午的发言，发现多数发言者将中国学术自主性与中国文明当下境况和前途联系在了一起。这自然也是顺理成章的事情，因为如果要从文明的精华中选出两三种因素，那么学术就是其中的一种。从现代的观点来看，学术力量的大小与水平的高低，与社会的整体状况直接相关；而从历史的眼光来看，没有哪一种曾经长期繁荣并对后世产生重要影响的文化，没有繁荣的学术活动。所谓文化自觉，固然与学术自主性有关，但并不是同一回事情。因为维护一种文化，包含着价值的主张。但是，中国传统文明之所以沦落到这个地步，就是单一的价值主张扫荡神州的结果。学术研究虽然有价值主张的前提，但是价值主张不能代替学术研究本身，否则就是学术的劫难。就这点来说，学术对中国文化自觉的意义，只能是加强对中国本身的研究，包括对中国传统文明的研究。但是，却不能以价值主张代替学术研究，否则就始终无法改变现在依然存在的一种令人羞愧的状况：即使关于中国传统文化的研究，在许多领域，外国人做得都比我们好得多。

本土学术与外来学术的区分，对于学术史有意义，但对于学术发展没有多大意义，因为学术的精神是不分本土与外来的，只是学术的兴趣与态度可以分本土与外来的。

关于中国文明的前景，必须区分我们主观的要求与现代世界发展的大势。文化精英分子对于某种文化的某些因素的维护、怜爱之情，与这种文化发展的大势，以及造就这些大势的主要因素，如社会中坚力量的组织方式与态度，这个社会的政治制度以及相应的意识形态政策，需要区别开来。这样，我们才能了解，在今天的形势之下，一种文明能够延续下去的主要因素是哪些。我想，创新能力及其成就，文明的规模，经济实力，是决定一种文明能够延续下去的主要因素。将来的世界，从最积极的方面来估计，就是几个大的文明形态共存，而从消极的方面来设想，很可能是一种主流文明形态凌驾于许多小文明形态之上。为避免后一种情况的出现，中国人自然负有义不容辞的责任，但是抱残守缺，顾影自怜，敝帚自珍这些态度，都是无济于事的。

三、充分了解社会变迁的复杂性。说到文明的兴衰，如果不了解社会变迁，从而文明更替的复杂性，就无法做出正确、合理的判断。德国是在被基督教化之后才兴起的，古日耳曼的传统文明在现代德国文明中还有多少痕迹？再具体地说，普鲁士也是在德意志化之后才强盛起来的。另外一种例子，日本成为一个强国，究竟缘于脱亚入欧，还是发扬了传统文明中的积极因素，或者两者兼而有之？中国的传统文明与西方迥然不同，并且，它既不是在长期发展中自然消亡的，也不是因外族入侵被消灭的，而是由中国人自己根据一种教条来扫荡掉的。传统的东西在今天真是不多了，尤其是积极的因素几乎都断绝了。"继绝世，举逸民"，有可能吗？说到传统，我向来主张区分"老传统"与"新传统"。所以，今天提文化自觉，真是要格外的小心。许多人所说的"中国特色"，恰恰就不是传统中国的东西。现在最为危险的一种情况是：那些最公开而堂皇地反对全盘西化的人，强调中国特色的人，却可能正是在推销西方文化中的糟粕的人，或者推销中国传统中的糟粕的人。简单地说，在今天，中国文明，没有创新，就无法复兴。严格地说，西方今天的文明，与作为它们的渊源的任何一种文明，都有重大的差别。

四、还有一个谁也挥不去的政治问题。这是中国学术的基本背景，这是一个中国特色，恰恰是消极特色的典型。学术归学术这么简单的一点，能够做到吗？实际上在政治干预学术的情况下，学术才会有产生自主性的问题，而这时自主性的问题就成了政治问题，而非学术问题，学术从其本来的意义上来说就消逝了。在今天，一个真正以学术为业的人，都可以做到自主，现代学术本来就有自己的精神、原则和规范。自主性的问题，说到底，关键在于区分真学术与伪学术，而不是这一地区的学术与另一地区的学术。当然，有外在的原因，确实有一些人，要用各种学术以外的因素来压迫学术活动，腐化学术活动，毒化学术活动，而学术本身做不到这些，因为在这个时候，学术就消失了。

五、如果有什么学术自主的原则，那么就是学术本身的原则，为学术而学术。从事学术研究的起因可能各有不同，但是学术活动是有自己的原则的。如果背离了这个原则，那么学术就沦为其他目的的手段，但在这个时候，学术就不复存在了。所以，真正的学术工作都是创造性的工作，一种创造性的工作大概不可能不是自主的，而是"他主"的。

如果再联系到文明问题上面，那么西方文明之所以成为强势文化，就学术与科学而言，原因也就在于学术的基本原则得到遵守与维护。如果西方人泥古不化，比如一招一式都要照古希腊文明的原样来做，且不说这是否可能，西方的文明就会真的中断了。事实上，古希腊的文明就中断了相当长的时间。后来的复兴是一种创新意义上的复兴。就学术而言，虽然整个古希腊文明都是重要的资源，但是，形而上学的精神，科学的精神，乃是最为主要的原则。正是这两个原则——尽管也是在曾经中断之后再发扬起来的——才使得这些资源依然保持为重要的资源。如果杂以其他的原则，政治因素，意识形态因素，或者宗教的因素，那么古希腊的文明，即使那么辉煌，也会后继无人。中国传统文明与现代学术的关系，也必须从这个角度来考虑。

我希望，自主性不要成为一个话题。否则的话，就会像以前的所有话题一样，热炒一阵，然后一风吹散，没有留下什么痕迹。真正需要的是坚持学术原则，而真正的学术和思想研究，是不可能热炒的，而是必须由细火慢工炖、熬而成的。

一切中国人创造的东西，都是中国的文明；学术尤其如此。

2005 年 11 月 29 日写定于北京魏公村听风阁

制 度 篇

谁想要世界一流大学？^①

  劈空挑出这样一个问题，不仅听起来刺耳，看起来也颇不合时宜。笔者在拟定这个题目时，也是踌躇再三，取舍两难。在某些大学领导的眼里，世界一流的桂冠已经指日可待，譬如花十年时间，就可以像修一座水坝那样功德圆满；然而，这些唱高调者是否真有建立世界一流大学的意志和决心，却如雾里看花一般，总在若隐若现之间，而若从大学制度改革的实际来看，又像水中望月那样，让人生发似真似幻的怀疑。

  唱高调是危险的，尤其是有影响的大学的校长们的不负责任的高调，不必远征大跃进时代的极端例子，即便就目下来说，高调固然可以投饲媒体以爆炒的饵料而获得时誉，然而对上会影响决策阶层的形势判断，从而削弱当局作速从根本上改革大学制度的决心和意志，对下容易引导和酿成虚骄之气，进一步助长现在已经甚嚣尘上的浮躁情绪。

  的确，多年以来，"大学"太牵动中国人的神经了，而"世界一流"所牵动的则是神经中枢。在现代世界，一个国家和社会是否够得上发达和文明的标准，是否具备持续发展的实力和潜力，一个最重要的标志就是看它是否具有一个合理而高质量的大学体系，有无世界一流的研究型大学。在这里，发达和文明不仅体现为这个国家和社会的经济、科学、技术和军事等等方面的水平，

---

  ① 本文曾发表于《读书》2002 年第 3 期。

还体现为这个国家和社会的文化和价值观念是在一套公认的原则之上以自己的话语体系表达出来的，而并不受某种外来的特定的思想或主义的支配。比如，像中国这样具有完全独立的文明体系、价值观念和文化形式的社会，虽然在现代化的过程中由于自身的缺陷，无可避免地受到现代化先进社会的巨大影响，但世界历史进程中这样一种阶段性的现象并不应该人为地恒久化，而以为中国社会与文化便永远地失去了创造性和独特性，中国社会的现代化的前景无非是在西方既有的模式里面的选择。我们看到，在当代中国的思想界，主流话语几乎都是西方的舶来品。面对这种状况，中国大学（本文所论及的只是大陆的大学）的社会科学和人文学科界，作为思想和话语的重镇，是甘于继续做西方思想的大班，还是成为中国思想创造和复兴的渊薮和策源地，这不仅取决于大学教师的个人意志，而且在相当大的程度上取决于大学的制度——如果大学的制度不是充分鼓励创造性的思想和学术研究，不能完全保证学术自由，那么在现在的局面之下，个人的志向和努力是无法成就大气候的。西方思想与学术话语的强势，原本就是西方大学制度优越性的表现。

平心而论，中国大学领导们或者有能力改变中国大学制度的人们，绝不拒绝强势的科学和技术，强势的政治、经济、法律学术及其话语，在某种意义上，他们比任何其他的中国人更需要这些东西，这样，在与西方强国交往和较量时，在进行各种政治的和国际的游戏时，或者从更大的方面来说，在捍卫中国的国家利益时，就不必时时因话语、规则和实力的捉襟见肘而落入他人的圈套。就此而论，他们需要世界一流大学。

然而，问题的复杂性在于，人们所需要的常常是这些强势本身，而忽略甚至否定造成这种强势和实力的制度性前提。就像有些人需要学士、硕士或博士的学问或者头衔本身，却忽略或不愿经受那个艰难而辛苦的学习过程一样，其结果会如何，当是不言自明的。所以，笔者提出这样一个题目，并非质疑中国人对世界一流大学的殷切期望，也不是否定大学校长们对世界一流的一般向往，而是探究一下哪些条件对世界一流大学来说是必不可少的，而不建立相应的制度却想以各种捷径甚至歪门邪道在创世界一流的口号之下捞取"政绩"，是如何有害于世界一流大学的建立以及合理而有效的大学体系的出现的。

在一些校长们不断放风而为自己的学校大造舆论的同时，民间的批评观点，尤其是大学教授的批评观点也逐渐多了起来。据笔者看来，批评的言辞虽然不乏偏激之情，但一旦论及具体的问题，往往比大学校长的言论更能切中实际和要害。教授们的偏激观点是非常可以理解的，因为在现在的大学里面，教授如果不担任行政职务，除了充任研究和教书的匠人之外，对大学的任何变革真可谓是毫无作为的可能。有人于是自然而然会提出一个问题：目前教师的地位在大学里不是已经非常之高了吗？或许有些媒体给人造成了这样一个印象，然而可惜得很，这是一个错觉。情况刚好相反，缺乏合理的教师制度正是中国大学最大的弊端之一，这自然也就是妨碍一些大学达到世界一流水平而中国大学水平普遍提高的主要障碍。

现代发达的大学体系具有各种不同的形式和传统，但是无论哪种形式和传统，大学教授在大学中的中坚作用和核心地位，则都是一致的。如果我们将世界一流大学限定在以研究和教学两项为主要任务的研究型大学这个范畴之内，那么教授的核心作用就更加明显和突出。在美国、德国等国家的大学里面，教授的这种地位和作用是通过明确地规定教授的权力范围，并借法律的形式保障教授的权利而予以确立的。

教授在大学里究竟应当持有什么样的权力呢？简单说来就是制定大学基本教育政策的权力，而所谓的基本教育政策主要包括课程设置、学生录取、考评和学位授予、教师选聘等方面的原则、规定和具体的决定。

就课程设置来说，一个系、一个专业的培养目标、培养步骤和方法，为此而设计的整套课程，课程的程度和种类，以及不同种类和程度的课程之间的分配和衔接，都应当由教师来确定。在这样一个总体的计划以及每个教师的特定教席的约束之下，每个教师开设什么样的课程，如何讲授这门课程，是应由教师自己决定的事务。当然，就像学生录取和学位授予一样，为了制定这样的政策和做出有关的决定，教师必然要凭借一定的形式和方式，比如教授会议等等——这里涉及到较为专门的组织和管理形式，具体方式当然会因校而异，但关键的一点就是这类组织必须秉持一个基本原则，这就是这些基本权利在教师中间是平等地分享的，因而无论是政策的制订还是具体决定的实施都应当通过民主的形式来进行。然而，中国大学的情况是，一方面，这些权力的相当一部分不属于教师，另一方面，属于教师的部分权力并不是通过民主的形式由所有正式的教师平等地分享的。换言之，中国大学的教师就此而论实行的是等级制——无论教研室，还是学术（位）委员会，都是等级制的表现。

等级制或许有其存在的理由，因为在中国大学里面，实际上没有一套明确而合理的有关教师席位、聘用及其程序、义务和职责、权利保障和辅助服务的制度。正因如此，像教师选聘的权力归于教师这一点，乃是许多大学领导最无法理解因而难以接受的。

与此同时，许多自改革开放以来一直受到批评且为人深恶痛绝的现象，却依然能够痛苦并快乐地存在着。比如近亲繁殖，一个系或教研室里徒子徒孙地聚集在一起，按照中国的师生观念，想要叫人不拉帮结派，即是最正派的人，也实在不容易，进而要讲学术公平和民主，真是叫彼此太沉重了。又比如，教师超编与人才缺乏一体共存。大学校长们整天都在说人才缺乏、重金聘请、人才流失，但是，随便从中国那几所著名的大学找一所出来，与西方比如美国规模相同的大学比较一下，就可以看到此地的教师数要大大高于彼岸大学的教师数。中国大学的教师并不少，少的是合格的教师，缺乏的并不是一般的人才，而是真正从事研究和教学的人才。——中国大学现在有一世界上其他大学罕见的特色，有不少教授或教师，占着位置，却不用研究、讲课，或者准确地说，不用认真研究、教学，然而凡大学教授所有的优惠条件，他们都占着最好的一份，从而形成大学的一个特权阶层。因为这些特权阶层的存在，即便大学真有愿意解决人浮于事、占着位置而不尽义务的积弊，也会有鞭长莫及之短——原因是不言而喻的。

相比之下,美国前副总统戈尔卸职之后到大学任教,却真讲起课来,不仅让人佩服,而且让人真正体会到世界一流大学制度的过硬之处。

但是,中国的大学是完全可以做到这一点——只要当权者愿意。其实办法不仅简单,而且是现成的:大学的教授职位必须是固定的,而不是像现在的状况那样,是每年系所与学校讨价还价的结果。固定的大学教席是西方大学发展九百多年来的一个重要的经验和成果,一项有效的基本制度。令人奇怪而不解的是,在中国大学校长有关大学改革的铿锵言论中,几乎没有吐露出这方面的信息。一些大学校长也喜欢讲述自己与美国的名校校长如何讨论办世界一流大学的经验,但这些原本极为宝贵的谈话中也很难闻见有关这个基本原则的片言只语。笔者猜想,或许那些名校的校长不太会想到,中国大学里的教授职位不仅不是固定的,而且教授原来也是可以不教书的。笔者有一次与一位美国教授谈到中国大学的一些文科系动辄就有六、七十名教授(师),那位先生不仅惊讶,而且提出一个让我也感到奇怪的问题:"那么,你们开一次系务会议要开多少天?"原来他以为,中国大学的系也像他们那样有学术民主,重大问题是由系里面全体教师,至少由全体教授来决定的。在这样的会上,如果每一个教授都要发表一通意见的话,会当然要开好几天。然而,中国的大学没有这个麻烦——学术民主是一种能够产生积极效果的"麻烦"。

只有教席是固定的,并且同样重要的是,教席是开放的,那么由教授来决定教师的选聘才是可能的,并且是现实的。

教席一旦固定之后,一个系有多少教授、副教授以及其他级别的教师职位就是明确的:一个萝卜一个坑。大学是根据教席来招聘教师的,只有在教授退休、教授转任和教席增加等的情况下,这项工作才有必要——这会为中国大学省去多少麻烦!节省多少精力!——而现在,对于大学基层领导和待晋升的教师来说,一年的两个学期,无非就是评职称的学期和不评职称的学期。

但是,与此同样重要的是,教席是开放的,这就是说,大学的教席是对全国开放的,如果是世界一流大学,那么应该是对全世界开放的。美国、德国和其他发达国家的大学为了保证这种教席的开放性、选聘的公平性，都实行一个非常严格的规定：本校毕业的博士不允许直接留在本校任教，而必须至少在校外工作两年或更多年限以后才有资格来应聘母校的教职（以下简称为"不留本校生"）。为了回答可能的反对意见，笔者愿意在这里举出一个中国人熟悉的美国人来作例子。基辛格当年在哈佛大学政府系取得博士学位后，因为才识实在令所在系的教授心动，想直接留下他任教，甚至想动用特别程序，但是权衡再三，学校还是放弃了。基辛格仍然先去校外就职，两年之后才回到母校任教。正是这种严格的制度保证了哈佛大学能够聘用到顶尖的人才。

人们看到，一些面对国际人才竞争忧心如焚的领导一再强调人才竞争和争夺的重要性。但是，争来夺去，中国似乎越来越争不过其他国家①。这里固然有报酬等方面的重要原因，但就大学来说，如果想要达到世界一流的水平，就必须以天下才俊为自己的师源。但是，如果没有不留本校毕业生的制度，那么就无法提供一个公平而可信的制度保证而使天下才俊心向往之且踊跃趋之。中国大学，由于没有这样一个制度，因此无论想成为世界一流的，还是没有这份雄心的，都无法从久已深陷其中的那样一个泥沼中拔出身来：从眼皮底下的矮子里面挑长子。谓予不信？避免近亲繁殖已经说了二十多年了，不依然还是生生不息，葳蕤蔓延？

不过，"不留本校生"的制度将带来的积极结果绝不止限于禁止近亲繁殖，更重要的一点乃在于它能够从根本上建立起中国大学教师的流动机制，并从关键之处下手促进整个中国社会人才的合理流动。它可以造就如下良好的局面：首先，一切教席都是开放的，这就意味着任何出缺的教席都要向整个社会公布和招聘，这个平等原则为一切符合条件和资格的人选创造了合理和公平的选择机会，而公平和合理的制度和机会是对有志有才者的最大的

---

① 参见中国新闻网 2001 年 4 月 22 日《白春礼：中国科技人才队伍建设面临严峻挑战》，新语丝电子文库杨晓声《中国人才大塌方》，人民日报 2001 年 3 月 9 日《全国政协九届四次会议大会发言摘编》。

吸引力和最可靠的信心保证；第二，无论大学还是应聘者都有了多种选择的可能性，因而人才的合理流动是多向的；第三，促进大学之间的公平竞争（假定大学投资体制也进行了合理的改革），因为大学只有造就良好的环境，包括制度、管理、待遇，才能吸引和聘请到优秀人才；第四，中国各大学之间的人才、知识和经验等方面的封闭，足可以与经济上的地方保守主义相媲美，而这个制度将从根本上冲破由保守的人事制度所树立的樊篱，促进各大学之间的实质交流。就此而论，这个制度或许首先施惠于一般大学，但其前景则无可限量：世界一流大学在其他条件成熟的情况下，当会自主出现的，而不必钦点候选；第五，大学必须真正地改善教师的工作和生活的条件——为了"政绩"和"媒体"炒作而表演的花拳绣腿，将会无济于事：在这样一种制度下，教师们可以非常正当、非常有理地以脚来对大学管理表态。或许有几所大学会因此而办不下去，但是中国大学的整体水平将大大提高。

人才流动对于市场经济之下各种事业的积极作用，是毋须笔者多说的，而大学因这个制度而能增强的活力，也因有十分成功的榜样在面前，是不言而喻的。但它能为教师造就一个公平和适意的选择机会，则可能是许多人无法理解的，因此需要稍作解释。在现行制度下，如果一个合格的教师在其任职的学校受到不合理的对待，或者认为这里的环境不利于自己的发展，但他（她）还愿意在大学从事本行的研究和教学，那么中国1000多所大学能够为这样的教师提供多少机会呢？结论是极其悲观的：对于大多数教师来说，机会可能趋于零。但是，如果1000多所大学每年出缺的教席都在报纸、互联网等媒体上公布，向每一个申请者平等地开放，那么机会又将是多少呢？！

这里涉及前面已经提及而尚未交代的一个重要问题，即聘任教师的权力属于教师。为什么教师聘任的权力要归于以及应当如何归于教师？当一个教席出缺而应聘者云集之时，一个公正的评审制度不仅是遴选杰出至少合格人才的必需，而且也是维系这个学术单位的信誉和传统的保证。这个制度的核心是由如下一点构成的：聘用或不聘用某一人选的决定权掌握在所在系所（院）的全体教授（师）手中。这就是说，除了必要的资格、考试等其他考核和手续，最后的决定是由全体教授（师）投票做出的。学校或学院当然有最终的任命权，但这无非就是任命获票最多的那位人选。学校或院当然也可以不任命，但是在程序上决不能弃教授（师）们所决定的人选而外另聘他人——这是关键。

这个制度难吗？欧洲北美等地的大学已经实行了一个多世纪了。这个制度不难吗？今天中国甚至没有一所大学考虑过或敢试一下这种改革。

面对这种状况，人们如何可能不想起蔡元培先生而感叹万分！只要稍具蔡元培先生的魄力和见识，那么这种制度在一所大学，特别是在志在跻身世界一流的大学里首先实行起来，从而开中国大学制度改革的风气之先，并不是做不到的。

中国需要世界一流大学，这是中国利益之所系，而教师制度的合理化改革乃是世界一流也是中国大学整体水平提高的必要条件——没有这个改革，世界一流的大学是不可能建立起来的。教育部也可以更积极地发挥作用：教育部可以制定行政法规来强制全国的大学实行这个制度——这在技术上并没有无法克服的困难。关键的问题是观念、意志和决心。人们应该看到，中国因为是一个高等教育的大国而拥有一种得天独厚的优势：1000多所普通高校，还有1000多所成人高校，为高等教师提供了巨大的回旋余地，为他们的流动创造了无数的机会和可能性。应该说，并不是任何国家都具备这种优势的。可惜的是，直到现在为止，中国一直在浪费这种巨大的优势，同时又始终在经受人才断档、人才外流等等危机和痛苦的折磨。

当然，校长们也在改革。但是，在最重要亦即事关根本的制度不受任何触动的情况下，要取得实质性的进步是不可能的，而如果一定要给人造成学校"大胆改革"印象，就只有进行一下能够刺激人们神经的改革而诉诸媒体一途了。就大学而言，最令人兴奋的新闻无过于让受人尊敬的教授先生下岗了。于是，有的大学就搞起了教授竞争上岗的做法，各校虽然花样别出，意旨乃是一致的，无非是让人知道：大学教授也打破了铁饭碗。如果这些校长以为自己完成了一件前无古人的创举，那就错了。教授终身制，正是几百年间大学发展的基本经验，而在西方大学也才稳定然而富有成效地实行了半个多世纪。如果现代大学制度可以归纳为几项最基本而重要的原则，那么教授终身制就是其中的一项。它是现代大学学术和教学自由的基本前提，也是大学之所以成为基础科学和理论研究园地的基本前提，自然也是中国一些大学校长念兹在兹的诺贝尔奖的基本前提。还有更让人目瞪口呆的做法，有的大学甚至让教授的收入与听课学生人数挂钩，这个做法比德国大学已经废除了近百年的私人讲师制度还陈旧一些，至少那时教授是不必直接向学生收钱的。

这些做法虽然能有一点治标的作用，但就如用鸦片来镇痛一样，它的危害却更为深重和久远。比如，有的大学实行了多级津贴制，最高的一级与最低的一级竟差近17倍。学校所付的教师薪酬差别如此之大，在世界各国大学里面可能也唯此为甚了。许多批评者都提出了一个至关重要的问题：这种区别的标准是什么？如果这些教师都是按照严格的程序和标准聘用而来的，他们的水平何以有这么大的差别？如果没有教席制度，没有公开而公平的聘用制度，这种看似高下悬殊的报酬仍旧逃脱不了矮子里面挑长子的局促。而且更为要害的是，在其他各种制度不动的情况下，它不仅会加剧原先就已经为害不浅的不正之风，而且也易导致教师队伍的无理分裂。

过分的等级制妨碍了大学学术民主和学术自由，是现代大学发展所要革除的陋规。美国大学的模式源自德国大学，而现在是否仿效美国大学模式却成了德国大学讨论的热点，其中的因素之一就是美国大学教师在学术权力和权利以及从校方获得的收入等等方面比德国大学教师要平等得多。

谁真想要世界一流大学，谁就必须从基本制度上着手对中国大学进行真正的改革，这些基本制度包括教师制度、学生制度和学校管理制度。如果能够在五年左右的时间建立起一套合理的制度，那么世界一流大学在中国的出现就会成为一个挡不住的趋势。

在大学发展的历史上，洪堡建立柏林大学的历史最令人信服地说明了制度改革的有效性和深远意义。德国大学的历史原本比欧洲其他国家晚 200 多年，而在 19 世纪初期，德国在社会发展、经济、政治等方面都落后于英、法等国家，大学也是如此，与当时英法等国人才荟萃不同，德国却因人才缺乏而受到嘲笑。洪堡 1810 年按照两条新人文主义的原则建立一所与当时德国大学模式乃至英法大学模式迥异的柏林大学。这两条原则看起来非常简单：第一，学术和教学自由，第二，教学与学术研究相统一。但是，它却使德国在几十年内一跃而成为拥有世界上最先进的大学制度和系统的国家。美国那些著名大学在其 19 世纪后半纪的发展，几乎可以说是以洪堡式的德国大学陶铸自己的过程。至于因德国大学所带来的德国思想、文化和科学技术的成就，则是无需赘言而为学界人士所共知的。

远在欧洲大学的教书任上，在撰写这篇文字时，笔者读到了更为惊人的观点：两所先前以理工科著名的大学校长对媒体说，欧洲也有世界一流大学，而他们所长的大学与这些欧洲的世界一流大学并没有多大的差距，只要再吸引一些一流人才来交流就到了世界一流。果真如此，中国幸甚！他们指责别人理解混乱，因为没有看到他们所长的大学离世界一流只在咫尺之间。然而，咫尺天涯！如果他们只是为自己的大学放点争夺生源的空气，就像时下广告将保健食品吹成包医百病的灵药一般，不至于太伤身子。但是如果想借此将教师、教学和大学管理制度的根本改革轻轻放过，不愿费力建立世界一流或者退一步说现代先进大学的必要的制度条件，而就可将那顶桂冠戴在头上，那么难免会使人联想起大跃进时代用木柴炼出"赶英超美"的钢铁产量的那段历史，明眼人知道其消极影响深远绵长。

2001 年 6 月 18 日写于德国蒂宾根干草山居

改革大学微观管理制度^①

一

自改革开放以来，中国大陆高等教育一直处于不断恢复和改革的过程中。高等教育固然因这个进程而取得进步，但是比之于中国社会其他领域的变革，尤其是经济领域的变革，就不仅显得缓慢，而且还表现出偏离当代世界公认的大学原则的倾向，而其直接的结果就是中国大陆大学水平与世界先进大学的水平之间的差距甚至有拉大的趋势^②。造成这种局面的原因是多重的。最为直接和表面的原因是大学经费的严重不足^③，但这是一个世界性的问题^④，只不过在中国大陆表现得特别严重而已。其次是中国大学宏观布局和资源配置不合理，它造成高等教育资源的极大浪费，以及高级人才培养方面专业过分狭窄和创造力过弱的问题。

① 本文曾发表于《深圳大学学报（人文社会科学版）》1998 年第 3 期，发表时有删节；这里刊出的是全文。

② 一种观点认为，目前中国大陆普通高等教育的发展，无论在规模还是在发展速度都落后于社会和经济的发展。参见《高等工程教育研究》，1997 年 3 期，第 8 页。

③ 从 1984 年之后，中国大陆高等教育人均拨款一直呈下降趋势，1989 年到达谷底，此后虽然稍有回升，但仍然未能达到 1984 年的水平，参见《辽宁高等教育研究》，199 年 5 期，第 18 页。

④ 参见《构建大学与社会可持续发展新模式》，《21 世纪大学应保持和提高教育质量》，分别载于《光明日报》1998 年 5 月 12 日及 13 日第二版 C。

现在国家实施的"211"工程，以及由政府主导的各个大学和学院之间的合并之潮，就是解决这两个问题的具体措施。但是，还有一个同样十分严重的问题，却因上述两个原因而被人们忽视了，这就是大学内部管理制度缺乏合理性和结构的公正性。笔者认为，这正是造成中国大陆大学与世界一流大学之间巨大差距的内在的、结构方面的根本原因，而这种差距在短时间内是无法消除的。大学内部管理制度的合理性和结构的公正性，涉及大学管理权力的分享、教学体系和学术评价制度、教师制度和行政管理制度等微观制度。假定在大学经费稳定的情况下，中国大陆大学内部管理制度的合理性和结构的公正性如果能够达到西方一般大学的水平，那么学术水平与教育质量就可以有极大的提高。相反，如果这些制度不进行彻底的改革，即使经费与投资大量增加，大学通过合并扩大规模，也无法从根本上促使大学整体水平的提升，反而会造成更大的教育资源的浪费。本文将通过与西方一流大学相关制度的比较，来分析中国大陆大学微观管理制度的弊病，并探讨可能的解决之道。

二

大学教师是现代大学的中坚和核心。清华大学老校长梅贻琦曾经说过："大学者，非大楼之谓也，乃大师之谓也。"国内大学的大楼与以前相比，数量是大大增加了，但具有公认权威的大师却几乎成了绝响。更严重的情况还在于教授的整体质量也呈下降趋势，从而就造成学术和教育水平的下降。这种形势促成了培养跨世纪人才或学术梯队的计划，以及在每一个系或相似单位指定学术带头骨干的做法。这两种措施是有意义的，但其指导思想却仍然是落后的，是"选接班人"的做法。它试图在不改变现行教师制度中不合理和不公正之处的情况下，在既有教师内部以行政的手段建立一个精英团体。毫无疑问，这是中国大陆大学特有的办法。它并不能消除造成这种状况的原因，而只可能对其结果做出某些调整，实在是治标而不治本的处方。那么国内大学教师制度的流弊在那里呢？

第一，缺乏正常的教席制。大学是从西方引进的。西方的大学通过不断变革发展出合理的教席制。所谓教席制，就是大学的每个教学与研究单位有其固定的教师职位，比如，某系教授若干等等。每一教授皆有其确定的教学和研究方向①。教席的设置有其历史、传统和经济等方面的理由，它是不能随便变更的。譬如，当代最负盛名的英国理论物理学家霍金所任的教席，就是当年牛顿、狄拉克等人曾出任过的卢卡逊讲座教授。如要更动增减，需要经过严格的手续。教师的聘用都随职位的空缺而定。反观国内，教师的人事管理比较混乱："进人"极具随意性，有时因编制松，有时为平衡导师之间的关系；有的专业因时髦，从者人满为患，有的专业因艰深费力，后继乏人，几成绝学。现在虽然有约束，但仅单纯地限制人数，并不规定进人的方法，更不能客观公正地限定所聘之人的质量。因而它不能从根本上解决问题，反而出现了一方面超编，另一方面又需要大量引进"人才"的矛盾现象。

第二，上述缺陷造成了另外一个严重的问题，这就是"评职称"的种种弊病：① 凡就任的教员都有晋升职称的权利和问题。人人都要而又必须当上教授，于是教授数量骤增就是势所必然了。这样一来，教师学生比例不仅比西方大学大得多②，而且也比世界平均水平要大。② 申请职称的人都是同一单位的现有教师，时间既久，关系错综复杂。因而，在职称标准之中，其他因素的重要性往往胜过学术水平；而所谓"评职称"，几乎就是谁先谁后的排队了，有时甚至到了"矮子中挑长子"的局面，教授愈多质量愈低的现象自然而生。这些流弊在一流大学与在一般大学乃至末

---

① 参见《比较高等教育教程》（符明娟、迟恩莲编著，原子能出版社，1990年）第266，273，287等页。

② 1997年普通高等学校师与生比为1：7.85（参见《1997年全国各级普通学校基本情况及学生与教职工之比》，载《上海高教研究》1998年第4期），而1992年美国大学的师与生比为1：18，1990年英国大学师生比1：15，1990年日本大学师生比为1：17，而1986年世界大学师生比的平均水平为1：14（参见《我国高等院校师生比研究》，载《内蒙古师大学报哲社版》1997年第4期）。

流大学是一样的，不过，后者更为严重一些。

第三，近亲繁殖，缺乏回避制度。国内大学教师的来源主要是本校毕业的学生，即所谓"留人"。这种做法至少有如下一些弊病：① 近亲繁殖，即使一流大学也极少在全国范围内公开招聘教师，因而至少无法在中国最杰出的人才之中挑选所需教师；而在国际范围内公开招聘，更是鲜见；② 即使所留的都是优秀人才，在师多生少的情况下工作，大有旧日学徒之地位，加上复杂的人际关系，难保学术环境真正的自由公正；③ 导师之间的平衡和校园政治成了留什么人的主要考虑因素，此时学术考虑则往往被放到不重要的地位；④ 一些原非教师的人员，也可以曲线进入教师编制。

第四，缺乏一套严格和公开的聘任制度。"进人"或"留人"往往由少数人内部决定，然后有关部门简单履行一下批准手续。大学既不向整个社会公布招聘消息，也没有专门的考核委员会。这样，进入某一大学教师队伍，关系就是至关重要的了。"进人"的简单和容易，既造成了"评职称"的必要，又是教师质量下降的直接原因。

鉴于这样的流弊，国内大学如想有所改善，而某些大学如想跻身世界一流之列，参考国外一流大学的做法，笔者认为应当实行以下办法：① 实行教席制，这是现代大学的基本制度，亦是提高大学内部资源配置效率的最基本前提。就中国的实际情况而言，它也为国家在可能的条件下根本解决教师收入过低的问题，建立合理和公正的基础；现在一些大学所实行的定编，虽然能够控制教师总量，但并不确定所聘教师的教学和研究方向；② 实行直接的聘任制，即根据所缺的相应职位，直接向全国，乃至全世界公开聘任合格的教授、副教授或其他教职。我们看到，直接公开向全社会聘用是所有西方大学的一致做法。美国的大学为聘用教师，需成立聘任委员会，由委员会向其他院校教师和全国有关专业学会发征求推荐的信，同时在全国性媒体上发布招聘广告①。德国的《联邦德国高等学校总纲法》规定，教授职位必须公开招聘，

---

① 参见《比较高等教育教程》，第266页。

招聘公告必须说明该职位所承担的工作①。③ 为了保证所聘教师的质量，必须实行严格的聘任审核制度。除了根据不同大学的学术标准和相应职位制定应聘的基本要求之外，应聘人必须接受由教授组成的委员会的严格的考核。为了保证所聘人员的学术水平和聘任过程的公正，应当举行公开的答辩会，然后由全体教授（和副教授——视所聘职位而定）投票。这后一个程序也应当运用于教师职称的晋升。④ 实行回避制，以免近亲繁殖和非学术因素介入遴选，同时为选择杰出人才营造最大的选择余地。所谓回避制度就是，本校毕业的博士毕业后不能立即申请本校教职，而需在其他单位工作过一段时间后方可向母校申请。我们看到，这也是西方优秀大学的一致做法。美国大学是这样做的②，而德国更以《联邦德国高等学校总纲法》规定，招聘教授时，本校人员只有在具有特殊理由的例外情况下，才予以考虑③。⑤ 大学与所聘教师签订严格的合同，以法律形式保证教师履行职责和维护教师的权益。

毫无疑问，在中国大陆现在要实行上述制度，尚有巨大的困难。第一，国家的《高等教育法》尚在制定之中，现在并无规定教师聘任的基本制度的统一法规。第二，大学里面现有的教授、副教授如何措置？第三，现在大学优秀教师流失已经日益严重，如果实行回避制，国内大学就更无法招聘到足够的合格人才；第四，现在大学教师收入如此菲薄，一流的人才是否愿意到大学来任教？

这些困难之所以成为困难，自然就有其盘根错节的、需要花大气力予以克服的不利因素，但并不是无法解决的。首先，《高等教育法》正在制定之中，而其内容的合理与否，一方面固然必须参照国际成功的经验，但是，另外非常重要的一方面，也应当来自于国内大学的改革实践。倘若毫无相应的实践经验和现实基础，最好的法律也是无法实施的。第二，中国改革开放的经验告诉我们，比较易于成功的社会制度的变革，不是通过毕其功于一役的

① 参见李其龙，孙祖复《战后德国教育研究》，江西教育出版社，1995年，第197页。
② 参见《比较高等教育教程》，第266页、第275页。
③ 《战后德国教育研究》，第198页。

革命实现的，而是通过逐步的改革完成的。就教席制而言，在笔者看来，最有效的做法是首先在一种公开、公正和充分学术民主的基础上，制定一个大学的合理教席设置。然后定一个五年或十年的期限，利用现在相当一大批教师将退休的时机，逐步转到教席制。这就是说，现有的教授可以一仍旧例，新聘教师则严格按教席聘请。在这样一个前提之下，现行由校系学术委员会所承担的"评职称"工作的大部分可以转变为聘任工作。第三，至于师资来源，由于采取教席制和聘任制，反而更加丰富了。招聘对象并不只限于毕业的博士，而相当大一部分将是具有教授等职称和水平的其他人员。这还会产生另外一个积极的作用，即促进大学人才的流动和竞争。大学之间的人才竞争以及其他竞争是现代大学宏观管理的主要形式之一，中国大学教育如要向世界水平看齐，迟早是要采取这种形式的，但它必须以良好的微观管理为基础。第四，回避制的实行，可能有更大的困难。但大学整体水平如要提高，就别无其他选择。实际上，解决的办法也是有的，比如，国内一流大学，早就已经将网罗人才的眼光放到留学的博士上面。而国内的其他大学也早以优厚的条件从其他学校和单位招聘人才。不过，这些行为还不是建立合理的教席制度和公开合理的聘任制度之上的。除此之外，作为一个实际的办法，国内一流大学还可以首先互相协作，以相互交流优秀博士等高层次高素质的毕业生为开端，而渐至于这种制度的完全实行；而一般大学更可以借此获得名牌大学的优秀人才，或者换言之，名牌大学优秀人才也能够因此而得到公正的对待和合理的职位。这种制度也会大大促进国内博士培养体系的完善化以及博士水平的提高。作为一个附带的好处，它也为公正地评价各大学博士培养制度和水平提供了一个客观的条件。

三

现代大学微观管理的重要内容之一就是如何公正、严格和合理地规定大学教师的职责和权利，而权利之中相当重要的一个方面就是教师在大学的权力和地位。由于众所周知的历史和现实的原因，中国大陆的大学教师在社会上并没有取得与自己在社会中的作用以及对社会的贡献相应的地位和报酬。现代大学的发展趋势是多元和巨型化。大学的整合就需要不同力量之间的协作和权力的合理分配。由于中国大陆特定的历史和社会背景，大学形成了行政主导的传统和制度。这种制度和传统与前述的多元化和巨型化的趋势相结合，以及在大学不断企业化，或者大学经营活动日益成为大学经费重要来源的情况下，造成大学教师在大学运行过程中日益严重的边缘化的危险倾向。在这种趋势之下，大学如果不确立教学和科研为大学根本的目标，不确立教师的地位、权利和权力，大学就会蜕变为官僚行政机构和公司集团。大学之中的行政机构与公司经营者就会自成体系，形成大学之中特殊的利益集团。由于他们具体实施大学的管理，并且控制大学的经费，因而就会在有意无意之间借手中权力作出有利于自己的各种决策。这时教学和科研这个大学的根本任务，以及完成这个任务的主力，即教师的地位便会退居其次，乃至反成了陪衬。另一方面，由于没有明确的制度规定教师的职责和义务，教师也可以有很大的消极权力，而对于这种消极权力，中国大陆的大学现在也只能徒唤奈何，并无有效的解决之道。

大学教师在大学里面地位低下，除了人所周知的收入菲薄等等之外，主要还表现在如下方面：① 现代大学的基本特征之一就是大学教师全面参与大学的权力分配和管理。毫无疑问，权力分配和参与管理需要一定的组织形式。国内的大学，一般都没有教师参与学校管理的专门机构。教代会不是教师的专门组织，而是大学所有职工的代表会议。它一年一次的大会，实际上使它对一些重要制度的制订和重大决策毫无影响。大学工会也不是教师的专门组织，它顶多能为大学全体职工谋些有限的福利。② 大学党委书记和校长是任命的，并不对教师负责，而由于现在人所周知的流弊，特别是缺乏有效的监督机制，不可能对大学的长远发展负起全责。③ 大学行政权力的过度扩张，以及经营活动在大学行为中发挥越来越重要的作用，使大学从以前的政治权力一元化向经济与政治（行政）二元权力发展，而学术和代表学术的教授的权力原本不强，现在则更趋衰微。大学内部分裂为有钱有势因而有权的群体和无钱无势因而无权的群体。④ 现代大学的民主和学术自由的原则，人文教育原则以及通才教育原则，崇尚知识和知识创造的原则，以及以这些原则为指导所担负的为社会培养中坚人才，促进新知识的创造和普及，促进社会文明的任务，从而由这些原则和任务构成的大学在现代社会中的高尚地位，即作为人文精神的堡垒、社会科学和自然科学及技术发展的火车头的地位和作用，就会受到上述趋势和现象的损害，而大学教师的地位必然随之受到严重的削弱。

与此同时，大学教师却又有着相当大的消极权力。其主要表现为：教师可以少上课，或者不上课，可以不从事专业研究，可以不提高自己的业务水平。如果他对评不评职称不在乎，或者他已经有了所需的职称，那么可以说，学校对他便是无计可施了。由于大学教师收入的菲薄和从商在经济等方面的吸引力，相当多的教师带职下海经商，而大学对于他们乃是获得住房和医疗退休的保障而已。从个人人情来考虑，这种情况当然无可厚非，而且情有可宥，但对于大学教育，因而对于整个社会乃至民族来说，不仅是巨大的浪费，也是天大的讽刺：一方面，由于大学没有足够的经费，不能保证其教师享有与其地位和能力相称的报酬，过不上体面的生活，所以教师不得不谋利自救；另一方面，部分大学教师从事非学校的职业而不影响学校的基本运转，又说明大学的经费充裕到可以供养冗余人员的程度。这是一个贫穷和浪费互助为虐的绝好实例。

造成这种情况的原因当然是多种多样的，有些外在原因甚至是大学本身无法解决的，如教育经费的投入需要国家或者社会来解决。但是，大学自身在这些方面并不是无所作为的。从大学自身来看，至少在规定教师的权利和义务方面，大有下工夫以求改善的余地。第一，中国大陆大学应按照西方大学的惯例，建立教师（授）评议会或类似机构，以监督和制衡大学行政机构，使教师对大学的发展计划、重要决策和规章制度具有一定的控制权力；尤其对于大学的教学和学术行为，比如招生，课程设置，教师聘任，学位授予应具有主要的控制权。第二，大学应与所聘的教师确立正式的法律关系，这就是说，应当通过聘任合同明确规定教师的权利和义务。第三，确立大学教师必须授课的原则。教授不上基础课，少上课乃至不上课，已成为中国大学的老大难问题，大学教育令人吃惊的教学质量下降，便是恶果之一。这是中国大陆大学特有的情况，在其他国家和地区的大学里面极为少见。比如，美国大学教授每学年授课 100 小时，副教授 100 至 150 小时[①]。德国大学教师每周必须上 8 小时的课，包括讲演（相当于中国大陆大学里以教师讲授为主的课程）和讨论课[②]。法国大学教师有法定的教学工作量，其中大课的教学每周不少于 3 小时[③]。担任院系或学校行政首长职务等少数情况可以例外，但是也必须制订严格的规定。

要做到以上诸点，最理想的条件就是其他配套的措施都已经完备，如实行教席制等等。但是，中国十多年的改革开放的经验说明，事情也并非都是在全部条件都具备了之后才可以做的，有些也可以先做起来，然后随进程再行改善的。最关键的一点就是，在指导思想明确的情况之下，必须去具体地实施。

四

中国大陆一所名牌大学的两位副校长考察美国大学制度归来，曾撰文感慨地说：在美国的大学里，教授有终身制，而管理人员则没有终身制。如果这些管理人员工作不得力，或有失职行为，

---

① 参见《内蒙古师大学报》，1997 年 4 期，第 110 页。
② 同上，第 196 页。
③ 参见《比较高等教育教程》，第 287 页。

则随时可以撤换。① 西方大学教授终身制的设立，有多方面的历史和现实的原因，这里可以提及一二。① 为获得一个教授职位，一个人必须付出巨大的努力和代价，其难度不言而喻要远胜于获取一个行政职位，而职业的稳定保障，是这种代价的一种回报。② 学术研究，包括自然科学、社会科学和人文学科的研究，往往需要相当长的时间才能取得成果，而重大的成果更是如此。为了保证这种研究的持续性，以便取得成效，职业的稳定是必要的条件。③ 非常重要的一点，无论自然科学还是社会科学和人文学科，学术自由是它们发展和取得进步和重大成果的最基本的条件。为了保障教授可以自由地从事研究，自由地发表自己的观点，而不致于因学术观点而罹失业的惩罚，终身制是必不可少的条件。因为后者造成的损失，实际上是整个国家、民族和社会的损失。前苏联的李森科事件和中国的文革就是最悲惨最典型的例子。当然，违背任职协议、不履行自己的职责等等皆不在此列。但是我们注意到违背这些原则的做法正在一些大学出现。比如，在教授中实行竞争上岗，暂停教师的授课资格等等。这些做法无一不是治标不治本的急功近利的做法。它将教授当作公司职员，而从深层的影响来说，它不仅遮蔽了大学基本结构和制度改革的迫切性和重要性，而且还将进一步损害学术自由和基础理论研究。

相反，如上面那位大学校长所说，大学行政管理人员的制度当不同于教师制度。我们看到，大学行政管理系统和人员，在现代大学的多元和巨型化发展中发挥着越来越重要的作用。但是，无论这个系统本身，还是管理人员的宗旨都是为大学的教学和学术提供服务。除了学校最高行政首长，如校长或校务委员会一类机构，这个行政管理系统并不构成大学权力的一极，而仅仅是校长或相应权力代表机构的执行机构。因此，行政管理系统及其人员在作用、职能和权力分享上面与大学教师具有根本的差别。在欧美大学，教师与行政管理人员之间具有相当明确的界线，所谓

---

① 参见王义遒等《美国高等教育的现状与发展趋势》，《辽宁高等教育研究》，1995 年第 5 期，第 9 页。

faculty 和 staff，不仅聘用条件、职责和待遇各不相同，而且彼此参加不同的工会或类似组织。一般来说，现代大学行政管理系统应当是一个专业化的、合理化的、实行公司式的或政府行政机关式的科层制度的服务体系，从而能够为大学的教学和学术活动提供高效和合格的服务。

由于历史和现实的原因，中国大陆大学的行政管理系统存在着许多妨碍其发挥正常职能，并且进一步提高水平的不利因素。

首先，最严重的情况就是上面提到的行政管理系统主导大学并且形成特殊利益集团的倾向。扼制这种倾向并且使其以履行自己的正常职责为限，需要进行几个方面的改革。第一，就是前面论述过的建立教授评议会一类机构，实行权力分享制衡；第二，改革校长产生过程，精简校长人数。根据中国特点，在近期内，校长的聘任，应当由一个包括大学主管机构，教授以及大学其他人员组成的遴选或聘任委员会，通过遴选和申请、面试和投票表决的方式产生。在这个基础上，明确规定并且在一定程度上扩大校长的权力，从而使校长真正具有领导行政管理系统的权力和职责。

其次，由于前述教师制度的不合理，行政管理系统与教师之间并没有明确的界线，许多处级行政领导往往由教师担任或兼任，甚至许多行政管理人员直接就由教师担任。从行政管理的角度来看，这至少会造成如下几个方面的问题：① 不利于行政管理的专业化，妨碍行政管理业务水平的提高；② 不利于行政人员的有效管理，由于教师与行政管理人员相互兼任，无法制定统一的奖惩制度和标准。因此，为了提高行政管理的专业化和合理化，根据中国大陆的实际情况，可以考虑实行如下的办法：除了校院系的首长，其他行政职务实行专业化，一概不再由现职教授兼任。行政人员实行合同雇用制，行政人员不能转为教授，除非通过正常教授聘任的程序。

第三，缺乏有效的行政管理的规章制度和对行政管理人员的聘用、监督和管理体制，比如聘用考试制度，投诉制度，奖惩制度和机制。这些制度和机制的重要性虽然早已为人认识到，但是由于缺乏合理的、以法律关系确定的聘用制度，即使定有奖惩制度，也会流于形式。行政管理人员的聘任，尤其是行政管理官员的聘任，也应该实行公开和考核的方式。

第四，提高大学行政管理的整合性，将摊派到院系的各种行政事务由学校行政管理部门收回统一负责，免除与院系功能不相符合的行政事务，使之成为比较纯粹的和民主的学术组织。中国大陆大学院系行政事务和领导之多，是世界大学之中所仅见的。这也是中国高等资源配置和利用不合理的一个特别典型的例子。

现代大学在中国已有 100 多年的历史。中国的大学曾有过一段辉煌的经历，对于现代中国的社会发展产生过不可估量的影响。但在文革及以前，中国大陆的大学失去了自己独立的意识和地位，从而使原应承担的学术中心和科学技术发展火车头的作用大为减弱，而人文精神堡垒的地位和作用也无从谈起。自改革开放以来，大学由于受到金钱的压迫，由于受到种种错综复杂的积弊的束缚，与社会思想观念的革命和经济体制的改革相比，其对于自身的反思和自我改革，竟然大大地落在了后面。这毫无疑问有悖于国家、民族根本的和长远的利益；而在知识经济的时代，也是违反世界潮流的。在市场秩序的当代中国背景之下，大学要摆脱现在这种半受人尊敬、半受人怜悯的地位，就必须重新确立自己的宗旨，对自己应当具有的社会地位和作用树立起明确的意识，并能固守之；而要达到这一点，对大学自身的微观管理进行深刻的改革，乃是必不可少的前提。这是大学自身唯一能够做而且必须立即就动手的事情。

关于《北京大学教师聘任和职务晋升制度改革方案》的几点意见

    北京大学改革教师聘任制度，学校的长期发展将因此而大受其益，北大传统的和现实的优势能够更好地发挥出来，而且在国内开风气之先，也有利于推动中国大学制度的改革。不过，《北京大学教师聘任和职务晋升制度改革方案》（征求意见稿）尚有一些不够合理、周全的方面，需要改进，详述如下。

一、学术共同体与教师聘任

    现行方案基本取自于美国大学的做法，但美国大学的这些制度及其渊源即德国大学的相关制度都包含一种观念基础，即除了学术自由和民主的原则之外，大学的学术单位是一个学术共同体。因此，学术共同体的每一个长期成员（比如终身教授），既要为这个学术共同体承担义务，同时也要享有相应的权利和权力。正是在这个基础之上，聘任新成员要由这个共同体成员全体来决定，这样，所谓"解散一个学术单位就可以解聘这个单位的所有教师"才有合理的基础。德国大学界现在正在进行的是否要以美国大学为榜样进行改革的讨论的中心问题之一，就是学术共同体的民主化问题，即每一个长期成员应当具有平等的权利、权力和义务。

如果没有平等的权利和权力，权利和权力较少的成员就不必对这个共同体的利益承担相应的责任。比如，德国大学就没有解散一个学术单位，学校就"有权随时解除对教师（包括已获得终身教授岗位的教师）的聘任关系"这一条，因为那里的教授制度是等级制的。现在方案的最大问题之一就是，基层学术单位是不民主的，在教授之中再区分学术委员与一般教授，重大的事务并不是由全体教授民主地决定的，然而没有决定权的教授却必须同等地承担由那些他们并不参与决定的事情的不良后果。这是不合逻辑的，当然也不利于学术共同体的发展。如果北大只是采用了美国大学的一些形式化的程序，而不同时接受作为这些程序基础的原则和精神，那么这些程序难以发挥真正积极的作用，克服以往北大教师聘任制度上的弊病，相反倒可能导致消极的后果。具体的意见和建议如下。

1. 第一部分第七条规定，"学校定期对教学科研单位进行评估，对于教学和科研业绩长期不佳的单位，学校将对其采取限期整改、重组和解散等措施。"第二部分27条第"在下列两种情况下，学校有权随时解除对教师（包括已获得终身教授岗位的教师）的聘任关系：……（2）教师所在的院、系、所被解散"。按照这个规定，基层学术单位就是一个学术共同体，这个学术共同体有着共同的利害关系，因此，必须至少由这个共同体的全体教授来民主地管理重大事务，包括聘任新的共同体成员，因为这直接关系到第一部分第7条所说的"教学和科研业绩"。据此，至少在院系一级决定聘任的最终权利应掌握在全体教授手中，而不能掌握在学术委员会手中。

2. 谁对"教学单位"的学术业绩负责？因为导致"教学和学术业绩不佳"的原因很可能就由"教学科研单位"权力机构的决策失误造成的，因此，如果这种决策不是由全体教授做出的，那么就不应该由全体老师来承担这个后果。由此得出的结论就是，实际上应当明确教授评议会在决定基层学术单位的教学和科研等重大事宜上的权利和权力。明确地说，就是要实行基层学术民主。

3. 因此，应当明确规定教授会的权限。从现在的《改革方案》来看，教授会似乎只是一个咨议机构，没有真正的和明确的权力。这有如下几个弊端：第一，教授会的意见会流于形式，教授也会因此不认真对待考评应聘人员的资格和水平。第二，现代学术专业化极强，真正能够评价一个教授或副教授的学术成就和水平的主要是同一专业的专家，在这个意义上，所在系的教授的意见是最具权威性的。如果由上级学术委员会来做最后的决定，因为学术委员会成员之间的专业相差太大，事实上无法对应聘人员的学术水平做出权威性的评价，而所履行的只可能是程序性的权限。第三，如果学术水平不是唯一标准，那么非学术的因素就会参与进来。因此，上级学术委员会的权限应当主要在于保证程序的公正。

4. 合理规范各级学术委员会。现在整个学校的学术管理体制相当繁杂，不仅叠床架屋，而且不合逻辑。教师聘任制度是学术和教师制度的核心，其他的学术和教师制度也应当根据这个聘任制度做相应的调整，从而使新制度尽量完善和周全，而不应当迁就其中那些不合理的制度。

5. 学校必须制订各级学术委员会产生的办法，使这个程序公正、透明。

二、评价标准与程序

1. 第一部分第 7 条"学校定期对教学科研单位进行评估，对于教学和科研业绩长期不佳的单位，学校将对其采取限期整改、重组和解散等措施。"抽象而言，这一条款有利于促进各个学术单位的发展和进步。但是，问题的关键在于：（1）学校如何进行评估，评估的标准是什么，谁来进行进行评估，学校的什么机构和组织有权做出整改、重组和解散的决定；（2）如何保证受到如此处理的学术单位具有相应的申诉权利，从而保证这种决定是公正的和客观的、经得起检验的。

2．因此，学校就必须制定相应的制度，来规定评估制度和程序、评估的标准、评估委员会的构成和产生办法；申诉程序，受理申诉的机构、处理申诉以及对这种评估和决定进行重新审查的委员会的产生办法。没有这些相应的制度性的程序，无论评估、决定等等都可能是随意的、反学术的和不公正的，并且最后是无人承担责任的。

3．大学作为一个学术团体向来有其特殊性，一流的大学当有自己的宗旨和标准，而这种宗旨和标准是要由大学学术共同体的成员以某种民主的方式来制定和予以确认的，而不能是从外面强加的。在西方历史上，大学是最早实现一定的民主和自由的机构。大学不是企业，任何有价值的学术成果都是学术共同体成员主动性活动的成果，而不可能是外在强制和指派的结果。

三、革命与改良

简单地说，任何改革都可以分为革命和改良两种方式。革命从理论上说可以一步到位，但是太过激进，触动了太多的人的利益而又没有合适的补偿，反而容易失败。改良虽然要几步到位，但是分散不同利益集团的压力，合理补偿或安排利益受损人员，可以使改革扎实进行，反而容易达到目标。此次方案是一个半革命的方案，现职教授的利益不受触动，但在原则上触动了所有现职副教授以下的教师的利益，而又没有相应的补偿和辅助措施，遭到许多人的反对，是在情理之中。为了让此项改革合理化，达到理想的目的，学校必须采取某种必要的辅助措施，以便合理安排现职教师中无法晋升终身教授的人员，从而使他们的损失减到最低程度。

比如，对于一定年龄段的现职教师，如 50 岁左右或以上的副教授，学校就不能简单采用方案中的方法，无法晋升教授就必须走路；而即便年轻的副教授和讲师，在只有北大一家率先实现这个方案的情况下，也不能简单地采取如不能晋升就推出门不管的方法。因此，对于现职的副教授及以下的教师，学校就应当制定相应的辅助措施，比如，一定年龄段以上的副教授，即便无法晋升教授，无法转入专任教师和行政系列，学校也应当让其退休或留任到退休年龄后退休，编制可以专门管理。对于一定年龄段以下的现职副教授和讲师，学校也应当组成推荐小组之类的机构，向有关学校推荐，不致让他们遭受太过巨大的失业和下岗的压力，以及陷于前途无望的境地。

与此同时，学校也必须做出改革行政管理机构的承诺，并且充分征求教师的意见。这一方面是公正原则所要求的，另一方面也使合理的教师制度能够发挥其真正的作用，而不至于让无效的行政管理消耗其效能。

2003 年 5 月 23 日

牵一发而动全身^①

　　北大教师聘任和职务晋升制度的改革方案（以下简称"北大方案"）激起如此巨大的反响，吸引如此众多方面的关注，其原因虽然多多，但有一点则是确实无疑的：这个方案触及了中国大学制度的要害之处，于是一切的争论有意无意地都围绕这个要害展开：面对中国大学整体落后和水平低下的现状，大学体系中的教师究竟应当承担何种责任，或者是否应当承担责任？从经验研究的角度来说，这个问题就是：在造成中国大学落后和妨碍其水平提升的种种因素之中，是否包括大学教师在内？如果包括，那么此类因素是教师本身的素质，还是教师制度的弊病？或者是这两个部分的结合？更进一步，教师因素有多大的作用和影响？这些问题如此敏感，它直接关涉中国大学教师的尊严和脸面，而在尊严几经扫地之后逐渐恢复起来的现在，更是如此；这些问题又是如此尖锐，因为改革方案将直接触动部分教师的切身利益。

　　或许人们以为中国大学教师的总体水平如何是一个不言而喻的事实，所以除了少数人主张某些国学的学科已经达到世界一流水平以外，大多数论者并不直接讨论这个问题——这原本需要一项大规模和多学科的研究才能形成某种客观而可信的结论，而是将焦点集中在"既得利益者"教授与"利益可能受损者"副教授和讲师两者水平的比较上面，集中在教师工作的效率和条件与学

<hr />

　　① 本文曾发表于《读书》2003年第9期。

校行政工作的效率和条件的比较上面；或者就中国大学教师的物质条件来质疑方案的公正性；人们也从技术方面来质疑方案的可行性和合法性，比如，北大通过此项改革是否能够招徕天下俊才，不升即走的法律依据何在，终身教授当聘在教师的哪一级及其合理性，或者方案是否计算过五年或十年之内北大教师流动的模型，如此等等；至于大学教师，或者一般而言，大学员工是否应当或能够视如企业的雇员来措置，学术是否能够通过市场竞争而得到促进等等问题，则关涉大学观念，并且是更为深远的问题。所有这些讨论，无论其观点、态度和立场如何，都提示重要的一点，这就是大学教师的水平并不是一个孤立的现象，大学教师制度也绝非自成体系的孤立的制度。

尽管如此，在关于北大方案的讨论中，无论支持者还是反对者依然存在着一些盲点，正是这些盲点使得人们无法全面和客观地考察和评价这个方案，而当人们将这个方案简单地与实现世界一流大学的目的联系起来时，不仅易于导致意气之争，更要紧的是将至关重要的方面放过不论。

我以为，在这场争论之中存在着三个盲点，或者说为人放过不论的三个要点。第一，大学制度在其宏观方面乃是一种社会制度，大学内部的微观制度，无论是教师制度还是学校的整体制度都受到宏观制度的制约，而在中国这种制约是直接随着那只看得见的手的伸张而起舞的。第二，聘任和晋升制度仅仅是教师制度的一个部分，虽然是一个重要的部分，但并不是唯一重要的部分，同样重要的部分还包括学术和教学自由、学术民主和其他权利和职责的规定；教师制度也只是学校制度的一个部分，尽管是核心部分。第三，现代大学的管理不可能简单地采取教授治校的形式。

大学向来就是作为一个特权机构而存在的，这是检视大学宏观制度的一个基本点。在历史上，欧洲的大学曾经拥有过接近于自由城市所拥有的那种自治权，比如独立的审判权等等。在欧洲现代国家形成的过程之中，大学也被整合进现代社会体系里面，一些类似于国家政治权力的自治权被取消了，但依然保持学术与教学的特权以及与此相关的权利，比如学位的授予，而学术与教学自由和学术民主也因现代社会的法治化和民主化而得到加强和深化。美国大学宏观制度一开始就走上了与欧洲不同的发展道路，而自 19 世纪下半叶以降，这种模式的优势就突现出来了。在欧洲，大学是属于国家的，尽管大学拥有自治权，但政府是可以干预大学的，这里最为关键的一点就是大学在经费上基本依赖于政府的拨款。美国大学是以一种自由而分散的方式建立起来的，政府和民间单位都可以建立大学，经费来源也极其多样化和社会化。即便公立大学也并不直接从属于某一政府部门，而是由各种不同形式的董事会来进行管理，获得政府拨款的主要条件就是以优惠条件招收本州学生。与此相关，欧洲主要国家都颁有不少关于大学的国家法律，比如，德国不仅有《联邦德国高等学校总纲法》，每个州还有自己的大学法律，涉及的内容从教师制度一直到学生入学诸多方面；而在美国没有涉及大学教学、学术研究、人事和财务的全国性法律，各州也少有此类的法律。

在现代大学体制形成和快速发展的 19 世纪，欧洲和美国大学这两种不同的宏观管理模式不断成长，并且两者之间差距逐渐明显起来。在第一次世界大战之前，欧洲模式在成就方面一般而言远在美国之上，但是，此后这种状况就急剧改变了。美国大学大踏步地赶上并超过欧洲的大学，而到了 20 世纪与 21 世纪之交，局面已演变成这个地步：即便曾为美国现代大学微观制度样板的德国大学甚至其整个社会都陷入这样一场争论：除了参考美国大学而进行改革之外，德国大学是否还有摆脱现在困境的其他出路？实际上，在激烈争论的同时，德国人也着手改革大学的宏观管理制度，如建立私人大学，在大学之上建立董事会，鼓励大学向社会筹款，如此等等。

韦伯在 20 世纪 20 年代就已认识到美国大学与德国大学之间的巨大区别，他把美国式的大学称为"大型资本主义企业式的大学"，尽管他认为，此类大学的主导精神与德国大学的历史氛围并不切合，但依然敏锐地意识到这种发展有其技术上的优点，而德国大学也正在日益美国化。

"大型资本主义企业式的大学"虽然是一种比喻，并且在韦伯那里不无讽刺的意思，却包含相当深刻和复杂的意义。从宏观上来说，这就意谓大学是独立的自为者，除了法律，它不受任何外在的干预，无论这种干预是来自政府的还是社会的——哈佛大学校长在哈佛大学 350 周年校庆上讲话的中心思想之一就是如何面对和防范大学日益受到来自政府、社会和企业等其他外部的干预和影响这样一种危险。其次，大学这种独立地位的必然结果就是大学必须自己对自己负责，从大学的经费到大学的信誉，而这一点也就使大学具备按照自己的原则和目的来应因迅速变迁的社会的自主性；第三，这就必然带来大学之间的竞争关系，从人才、经费到生源都受到看不见的手的支配，并且在人才和经费这两项上面，大学事实上还必然要与其他单位竞争。

美国大学的这种独立性是一种完全的独立性，它既有赖于美国的政治和经济制度，但同时也使得美国的大学能够充分利用美国在政治、经济和其他方面的优势，从而使美国大学的整体水平远远超过世界上的其他国家。欧洲大学，比如以德国大学为例，由于不仅在经济上依赖于政府，而且从人事、入学、大学管理模式等方面受到国家（多数是通过法律）的许多制约，大学不是社会中的一个完全的自为者，而是具有学术和教学自治权的政府的一个特殊机构，德国的大学教授乃是国家公务员。

因此，美国大学不仅最具因应而且促进当代人类知识发展趋势的能力和主动性，而且也最具适应当代世界政治、经济和文化形势而求得自主发展的能力和主动性。经费短缺是欧洲大学的通病，大学经费来自政府的预算，而政府的预算受到政府的财政状况、政党政治等等的影响；不仅如此，大学经费分配也受到各个学校平等分配的要求的限制，既然大学都是政府所有的，因此在西方这样的民主国家里，一个大学想要获得比其他大学更多的经费就必须有十分充足的理由，而且也要几经政府、议会的讨价还价。德国各个大学越来越失去自己的特点，除了其他的原因之外，经费来源上的这种特点也是重要因素之一。这种制度的弊病在日本的国立大学也同样存在。日本国会在 2003 年 7 月 9 日通过与国立大学法人化相关的 6 个法案，从 2004 年 4 月 1 日起在 89 所国立大学实施。这些法案的核心就是将各所国立大学由文部科学省的直属机构变为独立法人，与此相应，大学教职人员不再属于公务员编制；各所国立大学不再依赖国家拨款，必须依靠自己筹款来维持，大学财务管理将采取企业会计制度。① 毫无疑问，这是走向美国式大学宏观管理模式的改革。

以上的分析已经表明，大学宏观制度直接影响甚至决定大学微观（内部）制度。我们这里暂且将此种影响和干预搁在一边而来讨论第二个盲点，即大学微观制度中的教师制度。简略而言，大学内部的制度可以分为行政制度、教师制度和学生制度。毫无疑问，这三种制度是相互联系的，但是为了讨论的方便，这里专注于教师制度，而简单处理它与其他制度的关系。教师制度至少包括如下几个方面：教师的身份，教师的职责和权利以及由此而产生的权力。所谓教师的身份就是指教师是国家的公务员，还是大学的雇员，或者其他类型的人员；教师的职责包括教师必须承担的工作和应当达到的某些要求；教师的权利可以套用"积极权利"和"消极权利"来进行分析。积极权利包括洪堡大学原则的第一条即学术与教学自由，参与学术共同体的民主权利等等。消极权利包括待遇、保障和合同规定的其他事项。教师的权力是从教师的职责和教师权利之中产生出来的，这些权力关乎课程设置、学生录取、考评和学位授予、教师选聘等方面的原则、规定和具体的决定，院系资源的分配和使用的决定等等，以及教授评议会所拥有的权力——可以简称为学术民主的权力。

大学作为一个学术共同体，它的基本特点就是追求知识，而后者的最高境界就是新的发现和新的思想——而这正是一般所谓世界一流大学标准的核心，这也就是美国"大型资本主义企业式的大学"之所以是大学而不是企业的内在约束。学术与教学自由的原则乃是对大学追求知识的保证，而它们之成为大学的基本原则，曾经得到各种哲学观点和经验科学的有力证明。然而，人们出于现实政治、经济和其他利益或企图又经常抹杀、曲解这个原

---

① 参见新华网 2003 年 7 月 12 日消息。

则。但是，确定无疑的一点是：没有学术与教学自由，不仅不可能产生新的发现和新的思想，而且现代大学制度所赖以立足的基础也就付之阙如。大学教师制度的目的是追求知识，而要点则是保证学术与教学自由，这正是大学教师权利之中与其他公务员和雇员的权利有着极大区别的所在，而无论其身份如何。

教师的这类权利具有极其重要的意义。它保证大学教师拥有充分的自由来从事研究，并取得成就，而不必受到外在的干预。创造性的知识，无论是科学发现，还是新的思想，都是探索的结果，这种探索虽然可能有大致的领域和方向，或者问题的焦点，但是人们在成功之前，并不可能预先知道它的具体方法、途经，甚至也不知道这种发现和新思想究竟有何实际的意义。哈佛大学校长萨默斯2002年5月14日在北京大学在以"什么是一流大学的特色"为主题的讲演中指出："让我对知识进行一个总的评论，这就是，你根本没有办法说出最有用的知识是从何而来的，你无法预测它来自何处；你也无法设计一些程序来找到最有用的知识的形式是什么。……人们可以不停地从大学的几乎每一知识领域来谈论知识的重要性，但是，我认为有一类知识是我们很难掌握的，那就是预测哪一类型的研究、哪一类型的纯理论的探索会对未来社会做出最巨大的贡献。但是，同样地，正因为我们不能预言到哪一类型的知识会对我们的社会做出巨大贡献，我们才能有信心地预言，新知识、新观点、新方法和聪明的想法对我们的未来是很重要的。"

这样一种观点事实上也来自无数科学家的经验。比如，2000年8月初杨振宁、李政道、丁肇中、马库斯、米歇尔五名诺贝尔奖得主和菲尔兹奖得主丘成桐在访问中国时指出，中国如果能进一步完善科研项目评议制度，给予科研人员充分的独立性、灵活性、自由度，就可在科研领域取得更大的成就。在那次访问中，杨振宁特别强调，中国科学研究和美国"从下向上"的科学政策正好相反，有一种"从上而下"的倾向。他认为"从上而下"的运作方式虽然有利于攻关式的科研项目，却忽略了基层科研人员的自发式研究，不利于基础科学的研究。对于基础研究来说，散兵式战术更有效，多数的诺贝尔奖成果是由散兵游勇式的方式做出来的①。

这里需要强调的一点是，在大学的学术单位里面，学术与教学自由和学术民主的权利并不重合。学术与教学自由正是要求无论民主的还是专制的权力在这两个领域回避。在教师个人的学术研究领域和方向的选择、方法和观点确定等方面，即使民主的决定也无法发挥合适的作用。就此而论，行政机构的干预与教授（师）会议的民主干预所起的作用可能是同样的。民主权利的适用范围就是上述教师所拥有权力的范围，而这些事务都事关一个学术共同体的宗旨和基本利益，或者从另一个方面来说，也事关这个学术共同体的学术原则、学术评价标准和接受共同体成员的标准。

聘任和晋升制度只是教师制度的一个方面，虽然从程序和技术层面来说非常重要，但是它的意义和作用完全依赖于教师制度的核心：学术与教学自由和学术民主的原则。事实上，像终身教授、有限期合同以及不升即走这些技术性的规则在不同的原则之下，所起到的作用完全有可能正好相反。

除了教师制度，大学制度还包括行政制度和学生制度。我们可以说，大学的行政管理是因教师和学生以及相应的学术研究和教学活动而产生出来的，所以行政管理注定就是服务性的，但是作为庞然大物的现代大学使得大学的行政管理成为一项极其复杂的专业工作，它需要专门的人才、专门的知识和专门的制度，因此它们必然具有不同于教师制度的特点，尽管其中很多内容可以直接涉及教师。学生制度虽然在许多方面是与教师制度互相契合的，或者说必须符合教师制度，但是，在现代大学里面，学生也有自己需要保护的权利和利益，学生制度虽然并不一定与教师制度冲突，却是教师制度以外的内容。一个大学整体的制度简单地来说就是由这三个方面组成，而一个大学的生命就是这三个群体出于自己的利益为着共同的宗旨相互合作的工作。

---

① 参见《联合早报》2000 年 8 月 26 日报道。

　　于是，教授治校的问题就自然地呈现出来。在这场争论中，作为对北大方案的一种批评，人们提出了教授治校的要求。但是，究竟什么是教授治校以及它的可能性和现实却并未得到考察。据我知识所及，在现代，西方大学并不存在完全意义上的教授治校的管理模式。作为巨型机构的现代大学，使得完全意义上的教授治校成为不可能。首先，现代大学的行政管理完全是职业化的，因此从校长到各个行政部分的领导都应当专司其职。第二，大学各部门的负责人必须是专业人才，这样才能够建立起高效率的行政服务系统。第三，教师必须将绝大部分精力和时间用于学术和教学。第四，大学实际上至少存在着三大利益集团：教师、学生和行政人员。如果教授治校意味着教授会议或教授代表大会是学校的最高权力机构，那么其他两大集团的利益和要求由谁来代表和保证？因此，问题的核心依然在于教师的权利和由此而来的权力，以及实现这些权力的政治形式。

　　当我们将北大方案置于上述三个问题的背景之上再来重新考察，那么就可以发现，它所要改革的并且所能改革的仅仅是整个大学制度之中的一个程序性和技术性的方面，尽管它非常重要，但是假定其他制度都不动，这项制度会有多大的作用和意义呢？比如仅就程序来说，现在北大的教授哪一个不是由学术委员会讨论、决定和投票表决通过才得以晋升的？如果按照第一稿，可能出现的情况就是这样，优秀的教师依然无法得到聘用和晋升，而那些优秀却又无法晋升的教师原先还可以在学校坚持，但现在却必须按时走路了。第二稿虽然使教授会议有了一定的权力，但依然是一个咨询会议，并不拥有在系（院）一级的最终的决定权，因此它虽然能够使最劣者出局，但并不能够保证最优者入选。

　　这里问题的核心在于，在北大方案里面，教授（师）权利和学术民主这一现代大学绝对不可或缺的原则和精神，依然付之阙如。我们可以做这样一个假定：如果这个方案付诸实施，众多优秀人才入教北大，但是因为学术与教学自由依旧得不到充分的保证，并且因为在现行体制之下，研究和教学的绝大多数资源来自学校或者通过学校的渠道而来，而这意味着它们要通过系（院）

行政来分配的，那么这里的问题就是，一种在教师聘任和晋升中无法发挥合理、公平和有效作用的体制，如何在支持那些优秀人才方面就能够发挥合理、公平和有效的作用呢？这样，在既缺乏必要权利和学术民主，又缺乏合理的支持的情况下，优秀人才的前途或者是流于平庸，或者是另谋出路，就像北大一再出现过的情况一样。

就此，我们可以进一步假定，北大方案为北大引来了优秀人才，而且北大由于种种原因获得了大笔经费，但是，由于没有教授评议会——当然也没有选举教授评议会的合理而公正的程序，教授（或者通过他们的代表）对学校发展方向、学校经费投向、院系及学科关系等学校重大事务根本没有某种决定的或反对的权力，于是，经费的主要部分可能没有以合理的方式投向学术和教学上面去，或者没有资助那些最为基础又需要长期支持的基础研究、那些不仅确实在专业上最有才华而且也最具学术操守的教师，或者没有用以建立合理而充分保障学术和教学的体系，那么这些原本可以做出一流成就的人才甚至可能连二流成果也做出不出来。

以教授（师）权利为核心原则建立起来的学术共同体，是现代大学追求知识的动力之源，而一流大学所要求的新发现和新思想更是舍此而别无他途。在中国大学，由于历史和现实的原因，教师权利和学术民主并没有得到完全的落实。我们看到，即便在欧洲专制的18、19世纪和苏联时代，大学教师也享有社会其他领域所没有的民主权利。中国大学的行政管理系统叠床架屋、繁多复杂，在这个改革的时代，它慢慢显示出了内在的不足。

正是有鉴于此，我始终以为，中国大学微观（内部）制度改革之纲应当是教师制度；纲举目张，只有确立了教师权利和学术民主，将现代大学制度（甚至不必提世界一流大学）下一切应归于教师的权利和权力，都有计划有步骤地落实到中国大学教师身上，大学其他改革就成为势所必然。比如，在不明确规定教师权利和权力的前提之下，行政管理制度的改革可能会有助于提高效率，但这依然会是管住教师的效率，而不是服务于学术和教学的效率；而如果教师的权利和权力得到明确的规定，那么从行政机构设置的合理性到行政规定的有效性，以及教辅人员的安排诸如此类的改革，都会有一个明确而实在的目的和参照，他们的权利和权力也可以得到明确的保障。

其实只要实现这样一项改革，即便现有的教师里面也会冒出一流人才和做出一流成果。谓予不信？想一想计划经济下即便在街上卖一只竹篮也被打得乱跑的中国农民，今天却打下中国经济的半壁江山！

不过，大学内部教师制度的根本改革必然牵涉到整个国家宏观大学制度的改革：从教育行政管理体系一直到各种法律法规。因为像教授会议和教授评议会这种制度的建立，必然要从根本上触动大学内部的整个管理体系，而这种权力的相当部分并不在大学自己手中。如果国家宏观大学制度不从根本上进行改革，大学无法成为真正独立自主的自为者，其内部任何制度的改革都不可能是彻底的；而当人们要将此类改革的目的与世界一流联系起来时，那么这个任务真是太过沉重了。

行文到此，需要再回到北大方案上来。如果将动机的揣测放在一边，而对利益可能受损的群体有更为周到合理的安排，北大方案是有其重要意义的：中国大学制度从来没有像在此次争论中那样得到如此公开、直接的批判，而北大的问题也从来没有得到如此深入的剖析和讨论。然而，就北大整体改革的形势着眼，应当坦白地承认，北大改革者没有算好行棋的次序——套用围棋的术语：如果第一手下在以确定教师权利和学术民主以及教师职责为核心的教师制度改革上面，那么就是占据大场形成厚势的先手，聘任和晋升制度的改革就是必然的下一手；而现在先从后者开始，不啻下了一步后手棋，使整个局面落于被动的状态。

面对这样一个局面，北大改革有两种选择，一是继续修改北大方案并且先行实施，这样的结果相当于中国工程建设中的边设计边施工；然而制定整体的教师制度依然是必不可少的，因为既然有不升即走，那么权利、职责等等就必须订定明确。还有一种选择，通过这场深入的大讨论——既然一切问题都摆到桌面上来了——重新调整次序，下定决心，从长计议，从制定北大教师整体制度着手，同时进行必要的技术和模型分析，全面推进教师制度改革，变后手为先手，积教师的权利和学术民主为厚势。这样，北大改革就有力量和基础来面对更为强大的外部的压力和困难，促进整个中国宏观大学制度的改革。

北大任何的改革，如果想与世界一流的目的联系在一起，都必然是牵一发而动全身。既然如此，何不让学术与教学自由和学术民主这个中枢带动全身而使那一发随全身起舞？

2003 年 8 月 5 日改定于北京魏公村听风阁

世上已无蔡元培[①]

　　一场轰轰烈烈改革的大幕可以落得如此静悄悄，以至于时至今日，校外的朋友经常还要认真地问起，"你们北大的改革后来怎么样了？"这个问题太过复杂，所以不回答也罢。潜移默化的变化正在进行，而我们所看到、所经历的事件又是如此的矛盾，尽管最后颁行的文件所规定的是一个折中的、在一些主要原则方面甚至大打折扣的制度，聪明的人们却已经寻得了跳过这些制度的捷径——不过，这至少说明这个文件无论有多少漏洞，依然有其积极的意义在。

　　性急的人们已经开始撰写这场改革的历史了。无论如何写，有一笔大概是史家们不会忽略的：这就是无论倡导这场改革的勇士、态度复杂的支持者，还是反对此项改革的智者，对它的最后结局都是不满意的，或者非常不满意的。这一点也在一定程度上指明了此项改革为人重重提起却轻轻放下的缘由。人们胸中郁结的不平烦闷之气各有所自，而用来浇这些形形色色块垒的却几乎是同一杯陈酿：蔡元培！无论想做而做不成蔡元培的，想寻而觅不得蔡元培的，或者简单地想以蔡元培来论事的，都面对着一个不乏讽刺意味的事实：时至今天，就中国大学（大陆范围，下同）的改革和发展来说，蔡元培依然是一座可望而不可即的高峰。

　　世上已无蔡元培！我们怎么来面对今天中国的大学改革？

---

　　① 本文曾发表于《读书》2005 年第 4 期。

· 113 ·

在那些记录现代大学发展的历史文献里，人们发现，在现代大学发展早期的陶铸过程之中，大学校长对一所大学基本制度的建立和风格的形成，通常起着相当关键的作用；开一代风气之先，这一现象在美国那些著名大学里尤其醒目。然而，那些校长们没有哪一位能像蔡元培先生那样，对于一个国家的大学理想、观念和制度产生了如此重大而深远的影响，以致许久以来蔡元培成了中国现代大学观念的同义词，大学制度改革的象征。蔡元培重视教育的思想来自中国传统，而其大学观念却主要来自于西方。俯仰历史，那些理念在西方大学不仅早已实现，而且已经变革，并且正在经历再次变革。相比之下，不免令人沮丧，因为在我们这里连蔡元培那些几乎一个世纪之前的观念都尚未实现。不过，比沮丧更为严峻的是，这个时代看来并无使蔡元培一类改革家能够活动起来的环境。

蔡元培一生奔走于教育与革命之间，兼有多种身份，既是中国民主革命的先驱，亦是几届民国政府的高官，同时还是一位哲学家。然而，蔡元培首先是一位教育家，一位真正的教育家。真正的教育家在那个时代是可能的，是有其产生的气候、生存的土壤和发展的空间的。因为即使在那个动荡的年代，在中国教育传统与西方教育思想发生剧烈冲突的情况之下，从总体上来说，大学依然具有相当大的独立性和自主性，即便是日益成为大学中坚的国立大学，也有其秉持独立原则的社会条件。正是在这样的背景下，蔡元培能够坚持自己的独立思想和精神，按照自己的意志和信念来行事，可以几辞北大校长而不失改革和发展中国大学教育之志；做北京大学校长不是他的真正志向，他的真正志向是要建立一所符合他的观念的大学。如果在大学校长的位置和他的原则之间发生了冲突和不可调和的矛盾，那么他的选择就是放弃前者而坚持后者。在 1919 年 6 月 15 日的《不肯再任北大校长的宣言》里，蔡元培提出了中国现代大学的三项基本原则：第一，大学应当是独立的和自主的；第二，大学应当具有思想自由和学术自由；第三，大学学术与思想自由需要相应的自由的社会政治环境。如果蔡元培被视为中国现代大学的象征，那么这三项基本原则就是这个象征的实质意义。就如蔡元培无法放弃这三项基本原则而心安理得地做北大校长一样,中国大学也无法绕过这三项原则而完成其现代化的改造。

蔡元培所坚持的三项原则是互为奥援的,一荣俱荣,一损俱损。20 世纪 50 年代的院系调整完全改变了中国大学的独立性,同时也几乎摧毁了大学这样一种体制。从此之后,中国的高等学校一方面成为庞大的教育行政系统之下的分支部门,在其最极端的情况下,从课程变动到教员职位变动都要由上级教育行政部门来决定;另一方面它们变为职业训练场所,政治教育和政治活动的中心。在改革开放近 30 年之后的今天,中国高等学校在名称以及在系科设置等方面又开始向大学回归。大学在形式上成了法人,在专业与课程、人员聘任和晋升、经费乃至营利方面越来越有自主权。然而,这些改革和变化并没有改变大学在实质上依然是教育行政部门的一个下属机构的性质,这一点在大学权力和经费来源两个方面体现得最为清楚。

这就是说,与中国人念兹在兹的世界一流大学的制度不同,中国现在的大学并不是一个自治的教学与学术共同体,中国大学现行的一系列问题、弊端都在相当大的程度上来源于这样一种状况。

作为此种状况的一个象征,在今天的中国,没有一所大学有自己的章程或宪章。如果大学是一个真正意义上而不是形式意义上的独立的法人、独立的教育团体,那么它就应当拥有自己的原则、宗旨、标准和追求,而后者在不同的大学是有不同的内容和意义的。我说这个现象是一个象征,指它表明了中国大学作为行政部门下属机构的性质,而并非说没有章程或宪章的大学就必定是不独立的。然而,因为没有章程一类的规范,而大学在形式上又是法人,它的权力来源就缺乏公共性。于是中国就有了一项世界大学界里最为独特的现象:无论是多么著名和有影响力的大学,并没有校长产生的公开程序。校长是指定给大学的。学校的大部分教师于校长的产生这件事情是无足轻重的:也许某一天中午他们课后到食堂吃午饭,听到旁桌的人说,"某某校长如何如何",

他或她觉得这个某某是一个陌生的名字，于是知道或者猜想有了一位新校长。

大学不是自治的，校长自然也就不可能具有代表大学的全权，并且从程序上、从事实上来说，他也不对大学负有全责，而只需对任命他的行政部门负责就行了。在这样一种背景之下，再来讨论蔡元培式的改革，那么人们自然就会碰到一个挠头的问题，谁可以在今天的中国大学里发动一场蔡元培式的改革？这里且将个人的意志、理想、道德操守、原则和威望放在一边，或者假定中国的大学校长们都具备这些良好的品格而不弱于蔡元培先生，一个严峻而无法回避的问题是：谁有权力来发动一场蔡元培式的改革？无论校长还是书记，首先都只是行政官员而已，他们并不是自治因而独立的大学的真正意义上的权力代表。

以校长作为大学教学和行政的共同领导人，作为大学权力的代表，这是现代合理而成熟的大学制度最为典型的特征和最重要的内容，无论校长是由教授选举出来的，还是通过董事会任命的。它的付之阙如则意味着相应的大学制度还不是合理而现代的，或者至少表明它们有待改变为合理而现代的制度。然而，这里的关键并非校长职位的意义，而在于作为行政部门附庸的大学，因此我在这里更愿意将关注点集中在大学本身的意义上面。

众所周知，现代大学是一个拥有特权的教育与学术自治团体，而正是由于这种特权，如授予学位和学衔、自治的权利等等，它就负有相应的义务来承担社会责任（知识创新和人才培养），坚持学术与道德要求、服务于社会而非特殊利益团体，如此等等。大学所拥有的特权与大学所肩负的责任，要求大学具有自己的宗旨、品格、学术和道德标准、自身荣誉。从历史上来看，正是后面这些性质才使大学获得了那些特权并能够承担相应的责任。大学的宗旨、品格、学术与道德标准和荣誉在维持一所大学以及它的历史、社会地位和影响力的同时，也维持和保证了整个社会的教育与学术的规范以及正常秩序。仅就这种规范和秩序而论，社会与大学之间是相互约束、监督的关系，因为大学是自治的，所以这种约束和监督是能够奏效的。在大学自身，自治是大学能够拥有和保持这些性质的前提，而自治总是要求相应的组织形式。

大学自治可以简单地从两个层次上来分析，这就是大学本身在社会中的独立的身份，以及大学中基本学术单位的自治地位。这就是说，大学本身应当是一个众多的具有相对独立性的教学和研究单位的联合体；是一种教学与学术共同体。因此，大学自治就是由宏观自治和微观自治的双重结构来实现的。西方主要国家的大学体制之间虽然存在着相当大的差异，然而，在具有自治的双重结构这一点上，却是一致的。尽管相对而言，欧洲大陆大学宏观层面的自治相对薄弱，然而其微观层面的自治程度却颇高；与此相反，美国大学宏观层面的自治程度相当高，而微观层面的自治相对薄弱。然而，至关重要的一点是，这种双重的自治结构是相互依赖的，两个层面之中任何一个的缺失就会使另一个也失去意义，从而使大学自治结构坍塌。大学这种双重自治的结构，从渊源上来说虽然可以追溯至大学在中世纪的形成方式，然而，这同时就表明，它对于现代大学来说依然是最为适合的形式。其实，一切旨在从事思想和知识层面的创造性活动的团体，都会趋向于以此结构为基本框架。以官僚层级为特征的行政管理，对于创造性的思想和知识活动来说，不啻扞格不入的形式。这一点，在我们这里常常为人所忽视，甚至是许多人，包括教育官员和大学校长等等，所不了解的。

既然中国的大学不是自治的，因而就不是一个充分意义上的自为者：它们并没有按照自己的原则和决定行事，并且对自己的行为负责的权限和能力。因此，中国任何一所大学事实上也就无法独立地确立自己的宗旨、品格、学术与道德标准，也无法建立起自己的荣誉。

作为一个必然的结果，大学的基本学术单位也主要是大学行政部门的下属部门，并且受到双重束缚，它们所具有的自主性相当薄弱。这主要体现为行政主导：基本学术单位的主要管理方式，从教学学术到其他事务，都是行政决定式的，而不是由这些单位的成员通过共同参与的，亦即民主的方式决定的。而在现代社会，任何自治必须借助一定形式的民主方式，否则就是不可能的。在中国几乎所有的大学里面，不要说全体教师，就是教授也没有决定基层学术单位重大事务的平等的权利和权力，更没有保障这种权利和权力的制度和程序。即便在颇受争论的北大方案里面，教授会议也无非是一个咨询机构，并无实质的权力；并且这个方案事实上有许多漏洞，这使得人们可以轻易地对这个可怜的咨询机构敬而远之。

基本学术单位的自治原本还包含一层相当重要的意义，这就是大学的系、学院或研究所一级的组织，就其组成而论，乃是教学和学术的自为者的合作组织。所谓教学和学术自为者，是指这些单位中的基本成员都是独立地从事教学和学术活动的教师。基本学术单位当然有其共同的目标，然而这些共同的目标是由这些自为者通过自由的精神劳动并通过彼此之间的协调而完成的。这种协调无法通过官僚层级制的行政命令而只能通过民主和平等的协商达到。基本学术单位的自治程度必定直接决定教学和学术的自由以及民主式协商的程度，而后者直接影响大学产生新知识、新思想乃至新技术的能力。

中国所有正规大学就被整合在这样一个官僚层级的体系之中，从最高教育行政机关到大学基本教学与学术单位，一元化的行政权力通天贯地，天下英雄，莫不在其彀中。这个体系决定了中国大学的基本状态和发展的前景，决定了中国大学的教学和学术生态环境，从而决定了整个中国学术界的学术道德状态。

这个体系所代表的是一种强大的力量，任何个人，不用说教授，即便是大学校长，想要孤身一人与它对抗，几乎是不可能的。事实上，在这样的体系里面，教授是不能以自治的原则组织起来的，而单枪匹马的教授是无足轻重的。它所承认的是权力，即使是学术地位和声望，也要通过它的确认和整合才有其合法性。所以它的基本规则就是：任何具有学术成就的人如果要在这个体系所覆载的地盘上获得承认，就必须谋得一官半职；或者说，按照这个体系的原则，任何取得学术成就的最高的奖赏，就是封官。与此同理，一些人虽然没有什么学术地位学术成就，但是如果能够谋得一官半职，那么就可以换得学术权力，甚至学术荣誉。

　　这里的危害在于：行政权力与学术的外在价值在这样一个体系里面可以相互转换。在中国传统社会之中，在现代自由民主社会里面，学术成就和地位是可以转化为政治、经济、社会等方面的权力、控制力和影响的，这一点原本就是教育与学术的题中应有之义。然而，至关重要的是，逆向的转化是不允许的，它是反教育和反学术的，这一点也同样是教育与学术之所以为教育与学术的不可突破的界限。然而，在当代中国社会，这种转化已经司空见惯。政治、经济和社会的权力可以转化为学位、学衔、学术成果、学术标准等等，举凡掌握在这样一个行政体系之中的一切，大体皆在可以转化之列。

　　作为这样一种行政控制体系的必然结果，学术寡头也开始出现，并且由于这种体系而得到制度性的保障。与西方的大学体系——即使是那些受到政府直接而强大的管理的国家的大学体系——相比，中国现行大学体系和其他学术体系之中的学术寡头，有更为强力的行政力量为依凭，从而具有对许多学术资源的垄断性的权力。而且现在的情况是，越来越多的学术寡头，他们的学术成就和造诣远称不上学术权威，而却通过上述那个行政体系依靠非学术的因素获得巨大的学术控制权。

　　这里不妨在比较的视野下从政治学的角度来概括一下中国大学管理体系的权力结构的特点。一般而言，中国大学权力结构既具有欧洲大学的特点，也具有美国大学的特点——不幸的是，是更多地具有了两者的缺点。就欧洲的制度来说，政府在许多方面对大学的直接管理，学术寡头，大学之间缺乏特色、竞争和分工，正是中国大学既有的或正在形成的通病；而欧洲大学的教学和学术的完全自由、教授颇高的地位和决定权力以及校长由教授和其他相关人员选举产生，则是中国大学所缺乏的。与德国大学体系相比，美国大学里教授地位相对较低，校、院与系行政权力较强。美国大学的这些特点中国大学无不具备。然而，董事会管理方式，从而使大学行政权力有其明确的来源，大学行政官员具有明确的责任、受到章程和董事会的明确而有效的监督，基本学术单位内教师的平等地位，教授在教学和学术方面的决定性权力，强大的教授组织，以及在更大的范围内，大学的分工和特色，大学自身严格的学术和道德标准和荣誉，大学强大的筹款能力和社会化的从而多元的经费来源（无数的基金），美国大学的这些优点又是中国大学体系极度缺乏的。

尽管不能说中国大学界以及学术界的所有弊病都源自这个体系，但是，后者无论如何也是那些弊端的主要原因。在这样一个体系之下，大学领导人既是行政任命的，而且实际上在有些方面他们的权力远大于责任，所以几乎看不到为自己大学的宗旨、品格、学术与道德标准和荣誉挺身而出的校长。

世上既无蔡元培，大学没有风格，校长缺乏荣誉，学术失去标准！

于是，我们看到了《学术腐败愈演愈烈》，有学术良心并且仅能依靠学术良心的院士痛陈："一个本已被其他国家反复研究、确认是完全错误的研究项目，在中国某大学和部分院士的推动下强行开展，近一亿元投资白白浪费，却没有任何形式的责任追究。"[①] 我们又看到，中国科学院发表《我国科学道德与学风问题基本分析和建议》的咨询报告，抨击中国科学界存在"抄袭剽窃"、"弄虚作假"、"盗名欺世"、"屈从权力"、"学术霸道"、"权学交易"、"心态浮躁"、"科研欺诈"等八项恶行，直指中国科学界"道德沦丧"[②]。在同一个报道中，作者还指出："事实上，真正能够对科学道德问题进行审查惩处的机构寥寥无几，中科院、中国工程院的道德委员会更多只能提出建议和倡导。更有院士尖锐地指出，道德委员会的操作过程明显是暗箱操作。"道德委员会之所以软弱无力，甚至最后也行"暗箱操作"的矛盾之举，关键在于，它也是上述那个体系中的一部分，让这个体系自己来对自己做道德监督，除了搔痒之外，还可能有什么其他的效果呢？因此，这个报告的最后建议仅仅局限于建立依然从属于那个教育与学术行政体系之内的官办的专门的监察委员会或办公室，真是让人顿

---

① 《中国青年报》2005 年 1 月 27 日。
② 《瞭望·东方周刊》2004 年 6 月 29 日。

生南辕北辙的感叹。当然还有虽然妙却更无济于事的建议："大学校长尊严奖"。[①] 这种英雄主义的精神或许能够造就个把"英雄校长"，但中国大学校长的绝大多数对此大概只能苦笑一声，因为他们都是明智的。在这里，令人可怕的是我们时时都要面对这样一个体系，而令人悲观的是人们的思想也被圈在这个体制里面，无法找到真正的突破口。

这个真正的突破口就是中国大学以及相应的学术机构从这样一种行政管理体系中解放出来。这个行政体制就应该去履行它最基本的任务和职责，这就是建立中国大学和学术的最基本和最必要的规范，并且确保这些规范得到遵守。大学应当是自治的，大学的国立性质与自治之间并不存在根本的矛盾。

大学的真正自治，是中国建立现代大学制度的第一步，自然也是最为关键的一步。一个自治的教学和学术共同体作为一个充分的自为者，不仅有建立自己的宗旨、品格、学术与道德标准和荣誉的必要，而且也有联合其他大学共同捍卫大学的声誉、学术和道德标准的动力。在这样一种情况之下，中国大学和学术界种种腐败以及更为普遍的灰色学术，才会失去其滋生的土地和庇护的依靠。中国大学就能走进它们从来就没有进去过的象牙之塔。

大学自治并不意味着大学无需规范，抛却一切制约。相反，在大学成为一个自治的组织后，它应当受到法律、社会、其他大学和大学内部中坚力量即教授更为有效的制约，同时也受到大学内部其他群体如学生等等的约束。然而，这些积极约束的前提乃是大学实际的自治。

这样一种改革，并不是一两个大学校长所能造就的，它需要无数个蔡元培的共同努力。不但如此，这样一场改革并非单单是大学的职责，因此也并非仅是大学校长、大学教师的职责，而是整个中国社会的责任。因为一个国家的大学和学术水平直接决定了这个国家和民族在精神、思想、知识领域可以达到多高水平。

大学自治的时代倘若能够到来，大学改革就会成为大学自身

---

① 《中国青年报》2005 年 2 月 2 日。

的事情，"谁想要世界一流大学"就会成为大学自身的问题，而不再是使那些心有余而力不足戴着镣铐跳舞的人尴尬和愧疚不已的社会问题。在那样一个时代，中国大学所能迸发出的创造性是现在的人们所无法估量的。蔡元培依然是中国大学精神的象征，然而当他的原则付诸实现时，人们不必拿他再当旗帜来挥舞。

世上已无蔡元培！

2005 年 2 月 21 日改定于北京魏公村听风阁

甄陶还是镀金？^①

事件迭起的中国（大陆，下同）当代大学史，在近两三年间又形成了新的态势：招生、学习与考试制度之中的积弊，由于人们的忍无可忍，就接二连三地爆发了出来，令人目不暇接。在大学外部，社会对大学从学士、硕士到博士各类毕业生从能力到个人品格的批评也持久不断。与此相关，改革大学学生与学习制度的呼声此起彼伏。这似乎在提示，那些突发的事件只是冰山一角而已。然而，关键之点仍然在于，这些流弊究竟源自何处，而制度又究竟存在着什么样的缺陷？

为了透视这些问题的症结所在，就需要从现代合理而且有效的学习制度谈起，对照之下就会看到，中国大学学习制度的缺陷究竟是什么。这里所谓的学习制度包括入学、课程与学习、考试和学位等方面的制度。

在此之前，有必要了解一下大学学习制度的一个更为基本并且常为人忽视的背景，这就是大学生活的意义。除学习之外，它还包括大学经历和有责任的自主生活的开端这两个层面。大学经历与学习同样重要，且彼此交融。与一批同样优秀而精心甄拔出来的同辈人的相互交流、争论和彼此激励，是大学经历影响深远的重要因素，学生从其中获得的，甚至会比从课堂和老师那里得到的还要多。大学生活也为优秀的青年男女有责任的自主生活的

---

①　本文曾发表于《读书》2006 年第 6 期。

开端提供了良好的环境：参加各种各样的学生协会与社团，成为某种共同体的成员，从而自主地支配自己的生活，确立自己生活的目标、态度和立场，成长为社会的自为者。

于是，一所大学整体的巨大多样性造就了内涵丰富而自由的心灵、独立的人格，以及获得和创造知识的能力。大学学习是在上述两个层面水乳交融的状态中展开的，核心就是自主精神和综合能力的陶铸——创造性正是在这个基础之上才有可能。那么，这种自主精神和综合能力如何能够在学习之中得到实现，它需要什么样的制度呢？

研究课，这是个什么东西

就"学习"，人们可以提出一连串的追问：学习什么？如何学习？谁主导学习？乃至为什么要学习？

倘若答案是学习既有的知识，那么谁来保证这类知识的可靠性？又有谁能够将一种假定可靠的知识不走样地传授给学生，就像将一只杯子递给另一个人那样？在人类知识突飞猛进的大势之下，短短几年大学生活中所接受的现成的知识能够维持多长的有效期？如果这些知识会迅速陈旧，那么这样的学习又有多大的意义？最后，创造性的能力又是如何学习得来的？这些问题直接关涉现代大学学习及其制度的基本特征、性质和宗旨。这些制度的某些内容对中国人来说也并不陌生，它们就是学分制、通识教育和研究课。

学分制是以学分为手段来衡量和管理学生学业状况的教学制度。学分是一种以课程为实体的学习量的计算单位；学分量的大小根据课程的程度、性质和学时来确定。学分制相对于学年制乃是一场革命，它使学生能够自主地安排自己的整个学业计划，发现和认识自己的兴趣所在、能力所长，确定自己的专业方向；它极大地促进了学生之间的竞争、学习效率的提高，促进了不同学科不同年级乃至不同学校的学生之间的交流，以及不同大学之间教学资源的共享。同样重要的是，学分制也使教育民主得以实现：学生在一定框架之下自由选择课程，从而具有了保持独立见解和批判精神的自由空间，而使教师失去了由学年制课程的强制性带来的威权——正是后者曾经使一些教师可以凭一份一成不变的高头讲章在大学讲台上混上几十年。

一般认为学分制是在 100 多年前从哈佛大学开始实施的，但其渊源实际上可以追溯到早年的柏林大学。今天，在发达国家，学分制不仅是大学学习的普遍制度，而且也早已推广到中学里面。在中国，大学在其草创之后不久就采用了这个制度，譬如北京大学早在 1918 年就实行了学分制。这就提示人们，早期中国大学培养出来而至今为我们所景仰的那一代学者，都是学分制下的产物。1952 年"院系调整"的劫难同样扫荡了学分制。直到 1985 年，国内大学才开始部分恢复学分制。然而，破坏虽在一夕之间，恢复却是步履艰难。20 多年过去了，在偌大的中国，几千所大学里虽然有学分制的点缀，但没有一所实行完全意义上的学分制，而反对学分制却有千奇百怪的理由。

通识教育（liberal education）在制度上和技术上，是以学分制为前提的。没有完整而合理的学分制，通识教育是不可能实行的，即便仅仅在技术上也是不可行的。

通识教育同样也是一个革命性的观念：青年学生不仅应该接受专业知识，而且还需要受到覆载人类知识主要领域的综合教育，从而将学习的重心从现成知识的传授，挪移至综合性的判断力、获得知识的能力、广阔的视野和终身学习的态度的陶育上面。这就是甄陶自为的人才，而非灌注消极的知识。在现代，通识教育观念由两个核心元素构成，其一就是个人的全面发展以及生涯的多种选择和变化的可能性；其二就是一成不变的知识不复存在，看似真理的知识也在不断地翻新。此外，从学术本身来看，专业的深度发展与不同学科之间的交叉融合，乃是学术发展的两个合而为一的潮流，这就需要具有多方面思维方式和综合能力的人才。

我们可以来看看首先发动通识教育这一"静悄悄革命"的哈

佛文理学院的通识教育课程，即其核心课程（Core Curriculum）。这个课程从最初的六个门类扩展到今天的七个门类，即"外国文化"，"历史研究"，"文学和艺术"，"道德推理"（Moral Reasoning），"定量推理"（Quantitative Reasoning），"科学"和"社会分析"。《哈佛核心课程》的"前言"说："核心课程的哲学的基础在于确信：每一个哈佛的毕业生应当受到宽广的教育，同时在特定的学术专业或领域受到训练。它承认，学生在达到这个目标方面需要指导，而学院有责任去指引他们朝向知识、理智的技能和思想的习惯——这是有教养的男女的标记。"[①]核心课程的宗旨在于向学生介绍达到那些为本科教育所必需的领域的知识的主要方法和路数，它的目的在于阐明，在这些领域存在什么种类的知识和何种探索形式，不同的分析手段是如何获得的，它们是如何被应用的，它们的价值是什么。[②]

通识教育，亦译自由教育。在观念史上，它可以说是从西方中世纪的七艺（liberal arts）演变而来的。liberal一词兼具"自由的"和"博识的"两个义项，而无论在通识教育，还是在七艺，此一词的本义当是博识的，而不是自由的。但在今天，有人将liberal education译为自由教育，却也有变化之妙。

毫无疑问，通识教育并不是大学教育的全部，因为在它之外，尚有基本能力训练和专业教育，自然还包括社会活动能力和体能等方面的训练。这一点令人想到中国古代的"六艺"观念。

如果说许多大学已经实施了不伦不类的学分制，而通识教育也已经开始局部试行的话，那么研究课（seminar）的观念及制度却基本上处于现行中国大学制度之外，造成了国内大学制度上的致命缺陷。

研究课在观念上来源于洪堡大学原则的核心之一即"教学与学术研究相统一"。"洪堡认为，大学的主要职能不是传授知识，而是追求真理，因此学术研究应当具有第一位的重要性。教授应

---

① 参见哈佛网页的核心课程介绍。
② 出处同上。

当从事研究并且将自己的研究成果、方法以理论化、系统化的方式传授给学生，学生不仅学习知识，包括最前沿的知识，而且更主要的是掌握方法，即独立地获得知识的方法，同时养成从事探索的兴趣与习惯。"[①] 在这种课程中，教师的角色主要是某个研究课题（即课程内容）的设计者和指导者，而前提通常就是教师在这个领域具有相当深入的研究。学生成为整个课程的主体，在教师的指导下，就这个课题从事阅读、搜集新材料、调查、实验、撰写报告和发表报告等等的研究工作。在课堂上，就学术而言，教师与学生具有完全平等的地位，进行充分的讨论，包括质疑、问难、分析与批评。在这样的课程里，教师的学术活动与教学直接结合在一起，而学生通过此种教学方式，学习、分析和批判了既有的知识和观点，了解如何发现问题，自己获得解决问题的途径，从而明白新的知识应当如何获得、是如何创造出来的，或者直接就创造出新的知识。

研究课的目的原本在于培养以学术为业的精英，然而由于它切中了现代大学学习的肯綮，遂能够发挥光大，成为西方大学的主要课程形式，并且也以稍有变动的形式为中学教育所采用。

研究课在中国的一些大学虽然开设有年，却是教师个人的行为。即使在北大，也没有专门供研究课使用的教室。多年来，我和同事们的研究课都是自己想办法去找地方，从办公室到会议室，费尽心机。学校的教室都是讲台式的，它表明现有的教学方式就是以教师讲授为主的满堂灌。在这种方式之下，教学的内容就被理解为传授知识。这种课程有一个认识论上的基本假设：一种基本、完备而正确的理论或知识是可以通过讲授而传达给学生的，学生所需的劳动就是简单地接受、听讲与记笔记，不要说质疑，甚至连提问都是不必的。而这正是清华大学程曜教授要将学生从其中拯救出来的那种可怕境地。[②]

研究课构成了现代大学教学的本质，乃至存在方式和理由。

---

① 参见本书第15页。
② 参见程曜，《救救清华大学的这些孩子吧》，http：//www．chinaedunet．com/gdjy/jsxs/2005/7content _ 5756．shtml。

诚然，它总是与大学自治、学术自由以及教师与学生的权利等相互依靠，共存共荣。我们可以说，大学在科学与人类文化方面重大的创造性的责任将使师生共同研究讨论这一方式变得越来越重要。

但是，国内的一些大学和教育主管部门，却正在向相反的方向来调整大学的教学和学习。它们将大学课程改革理解为统一的教材，统一的课程，甚至统一的讲授方式。这种调整不仅指向本科生教学，而且正在向研究生教学蔓延。由于中国大学的制度性缺陷，这种趋势一旦得到某种权威的认可，那么其与所谓培养创造性人才的目标，形成南其辕而北其辙的局面，则是必然无疑的。

考试缘何成了问题

为什么要考试？缘于本文开头提到的那些事件，一些权威人士就主张取消某种考试，比如研究生入学就不必考试。于是，为什么需要考试、考试是什么、考试的宗旨是什么这样一些基本的事情，现在成了人们茫无头绪的新问题。

一般所谓大学考试指大学新生入学考试、学业中的考试，以及毕业考试。考试的主要功能可以概括为如下几个方面。首先，按照一定标准来遴选新生；其次，检测和评定教学的结果，以及更为一般地，对个人受过大学教育之后的综合的智力与能力进行测试与评定；最后，就是专业的综合与专门的测试与评定。通过第一种考试，大学录取符合一定标准的新生；而经过最后一种考试，大学为符合一定标准的有教养者即所谓合格的人才颁发证书，也就是文凭。

高考，即大学本科生入学考试，是牵动整个社会神经的一件天大的事情，却也受到天大的批判。然而，这里的问题并不限于考试制度的技术因素，而是正如教育部前官员所说的那样，在相当大的程度上受制于政治原因①。不仅如此，"高考"制度也直接受到社会基本观念的影响。不过，这个话题暂且放在一边。此处主要关注研究生考试制度的流弊。

一种合理的考试制度，一方面要求具备客观而普遍的标准，具有能够有效地测试和评定受试者综合水平和能力的合理的试题结构，另一方面要求具有方便进行的形式，包括受试者容易参加并且经济的方式。然而，现行的研究生考试仿佛刚好反其道而行之。

首先，研究生入学考试，主要就是考一些死记硬背的东西，并且多数是教科书中的内容。此类考试在内容、出题方式、答题和阅卷等环节，都有着相当大的随意性和偶然性。在社会科学与人文学科领域，普遍还存在着另一种尴尬：难以确定和划分硕士生入学考题与博士生入学考题的难度和水平标准。现代有教养者必须具备并且对于深造极为基本的能力，诸如定量推理、逻辑思维以及语言基础能力的考查则根本不在考试范围之内。

由于缺乏合理的考试设计和评判结构，竟至于在所有的考试项目之中，实际上真正的硬约束只是外语，而且主要是英语，从而造成了中国高等教育之中一个为害深远的弊端。

其次是不经济。国内研究生入学考试可能是世界上相对成本最高的一种考试。在内容上，学生或者需要以死记硬背的方式将大学学过的东西重新复习一遍，或者将目标院系所考科目的相关内容从头至尾背一遍。因为大学的成绩在此种遴选方式中基本上不起作用。不仅无数考生将最有创造力的年华白白浪费在死记硬背那些没有多大意义的东西上面，而且有创造力的学生往往反而容易被淘汰出局。

在费用上，博士考生需要专程到所考学校参加考试和复试，硕士考生也要到目标学校参加复试。仅这一点就使考生的金钱成本和时间成本大大增加。而在教师一方面，每年都要花许多时间来阅卷。在多数社会科学和人文学科那里，阅卷不仅是一件相当

---

① 参见《新京报》2006年2月26日

繁重的劳动，而且也是一项很难达到统一标准和程序公正的劳作。

就此始终存在着一个强烈的对照，这就是美国大学的研究生录取方式。倘若美国大学的研究生考试和录取制度也像我们这里一样，那么很可以问一句，从改革开放的初期直到今天，有多少中国学生能够到美国去留学？且不说要到所在大学去参加考试一项，仅就相当简单的一项，即就考生需要背熟目标院系的课程内容一项，也会有泰半的考生望而却步。仅仅比较一下研究生考试与录取制度上的差异，就能够使人们明白：美国的大学为什么能够网罗全世界的精英，而中国大学自己的精英却要被迫流失。

反对以此种考试制度为榜样的主要理由都是不难驳斥的，这里却不必细说。需要强调的一点是，唯有这样的制度才能够使中国优秀生源和大学的规模优势得以发挥出来。国内大学研究生考试与录取制度如果要达到客观、有效、公正和节约，促进大学之间的良性竞争，从而使人才达到最为合理的流动并脱颖而出，那么以基本能力测试成绩、大学成绩或硕士研究生学习成绩、外语成绩、研究计划和推荐书为录取根据的方式就是一条必由之路。在这样的方式下，一个考生就可以同时向多个学校投送材料，考生和学校都有双向选择的机会。一方面，学生可以从被动考试的状态中解放出来，另一方面，学校有了更大的选择空间，从而从根本上摆脱了现在生源质量不高的困境。在客观上，它也会促进不同层次和水平的学生的合理分流。对于整个社会来说，几十万考生由此而得到的时间、精力和金钱上的巨大节约，其重大意义实在是不可限量的。

现行考试与录取制度的流弊，使得各种补救措施应运而生。比如保送、硕博连读等等。但是，它们虽然避免研究生考试中的某些弊端，如笔试的偶然性，时间、精力和金钱上的浪费，却依然达不到评判标准的客观、综合和注重基本能力的要求，而考试的随意性只是稍稍降低。它们又造成了另外的弊端，即学生的近亲繁殖，因为各校都会努力将自己优秀生源留在本校。硕博连读在相当大的程度上排斥考试所包含的竞争，而使原本就缺乏淘汰的状况更形加剧。于是，它们也就在相当大的程度上妨碍学生自主和独立精神的养成。

为什么要有淘汰

在中国社会，弊端总是盘根错节地纠缠在一起，互为因果，彼此支持，以至于人们不得不惊奇：它们相互配合得那么巧妙，竟能够将彼此的影响发挥到极致。

倘若在那种消极的教学方式和不合理的考试方式之后，有一项合理的淘汰制度能够把守大学宗旨和标准的关口，那么前两者的弊病也至少有部分能够得到遏止。然而；中国大学极低的淘汰率又使得学习和考试制度之中流弊的后果没有什么阻碍地保持下来。换言之，缺乏必要的淘汰，正是上述两项流弊在制度上的必需。

当然，人们也可以反问：为什么要有淘汰？

大凡学校，都会有某种形式的淘汰；而以考试为其一项基本制度的学校，就必然会有某种淘汰制度。只是到了现代，义务教育的推行，基础教育的普及化，使得淘汰制在这一领域逐渐弱化。但是，无论在西方还是在东方，淘汰虽然在形式上有所不同，但依然不可避免。

大学教育已不复是一概而论的精英教育，但是绝大多数大学依然会以培养社会的中坚分子为己任。大学的大众化与普及化，虽然使入学率大大增加，但同时也促进了大学之间在宗旨与水平等方面的区分，比如并非任何人都能进入研究型大学学习，那里也并非所有的学生都能够合格地完成学业。此外，任何大学教育，都需要学生的一定的智力、相当的努力、必要的经济支持和意志才能够完成——这一点并非是所有进入大学的人都能够做到的。于是，淘汰对大学来说就是必然的。

这里举世界上两个大学教育强国美国和德国的例子。美国兰德（Rand）公司 2005 年的一项报告指出，几乎美国 50% 的四年制本科生会从学校流失。① 德国的情况比美国稍好,在 90 年代,大学就学学生平均退学率大约为 25%。流失的原因当然不一而足,但是,不用功、能力不足而遭淘汰,就占相当大的比重。这一数字对于国内某些只强调大学的入学率,而不关心支持学生就学的条件、毕业生质量问题的人,应当有重要的警醒意义。

我们虽然无法从官方得到中国大学淘汰率的数据,但还是可以从一些间接的报道中得到相关的信息,比如北京大学本科生淘汰率约为 5%②,而清华大学本科生的淘汰率约为 10%③。如果后面这两个数字是确实的,那么这两所大学在本科生教育中还是坚持了一定的质量标准的。

至于硕士学位和博士学位,更是高级研究人才的标志,它代表着特定的教育和专业水平,因此难度更大。西方高水平大学的经验表明,在这样的学业过程中总会有相当比例的人因为无法达到相应的水平和要求而被迫中断学习或者径直被淘汰。据《学位与研究生教育史》统计,德国硕士淘汰率为 27%,美国博士的淘汰率为 38%。它们大概是平均数,实际上,一些大学的特定专业的淘汰率达到 80% 左右——这就是保证硕士学位和博士学位质量及其真实性的代价。

相比之下,国内大学研究生的淘汰率就低得惊人。比如,一种权威的说法认为,博士研究生几乎是零淘汰④。在我们的实际经验之中,要淘汰一位不合格的研究生,真是一件困难无比的事情。尽管国内一些大学有着可算是世界上最为繁复的博士生考核程序:从入学笔试、面试、中期考试、预答辩到答辩,竟有五道之多。然而,没有淘汰,后面三项自然就成为摆设。

如果考虑到不合理的研究生入学考试、学习制度的缺陷以及硕士生、博士生培养经费的短缺等多方面的因素,近年来有识之

① *Declining by Degrees:Higher Education at Risk*,作者 Richard Hersh。参见该报告 pdf 版第一部分第 2 页。

② 参见 2005 年 04 月 07 日《光明日报》。

③ 参见 2004 年 5 月 24 日《国防知识报》,不过,此数字颇可质疑。

④ 参见 2005 年 5 月 10 日《文汇报》。

士所表达的对国内硕士和博士学位质量的担忧，实在是有充分的理由和现实的根据的。尽管批评的意见和中肯的建议不绝于耳，所起的作用看起来微乎其微——人们依然热衷于入学的数量以及学位的数量的增长。在这里，令人感到羞愧的是，如下一个浅显的道理仿佛少有人理解：学位的头衔并不造就人才。

缺乏合理的淘汰制度的后果不仅显而易见，而且也是相当严重的。首先，大学因此而失去了一项非常有效的激励和督促机制，从而造成人才和教育资源的浪费。实践经验表明，淘汰一人，就会促使其他几十人乃至几百人更加用功和认真。其次，大学与人才资源的浪费危害着社会长远的发展：一方面是日益增大的大学毕业生数量，另一方面是大量的单位与企业无法得到合格的毕业生，而后者就与大量大学生毕业即失业的现象共存。第三，中国大学文凭的信用大大降低。比如，中国一些著名大学的重要学术单位，只聘用在欧美大学获得博士学位者，而不录用国内大学博士。这种对国内博士的公开歧视，可以理解为一些单位不得已而为之的措施。然而，文凭的信用直接就是大学的信用，因此，这自然就是中国大学对自己办学质量无信心的明证。此外，极其重要却也为人漠视的一点是，淘汰对于甄陶社会中坚的自主精神和综合能力具有特别的意义：这就是公平规则之下的竞争的精神，勇于承受失败并且理性对待的心态。此种理性的勇气正是现代社会所需要而中国社会相当缺乏的品格。

※　※　※　※　※　※　※　※　※　※　※

现代大学承担着甄陶社会中坚的巨大职责，并为此而享有各种特权。学分制、通识教育与研究课更为深刻的意义并不在于单单培养专业的或学术的人才，而是为中国社会健康和持久的发展培养具有自主精神和综合能力的多领域的人才。而合理的考试制度和淘汰制度正是中国大学负责任地履行自己的职责所必需的保证和明证。

一所大学之所以能够培养出顶尖人才，它真正的基础在于：

从录取到毕业，必须保证它的每一个新生、每一个毕业生都是符合相应的标准的。这是一所大学的最低标准，然而，它也是一所优秀大学的最高标准。在中国，无论在大学，还是在社会中，优秀人才、优秀思想和优秀产品之所以缺乏，并不在于缺乏高而耀眼的目标——那些高而至于不可攀的目标对于我们可能是太多而不是太少，恰恰在于缺乏最低标准，不可逾越的最低标准。

2006 年 4 月 26 日改定于

北京魏公村听风阁

启蒙的前景^①

尊敬的曹俊汉会长，尊敬的何芳川校长，各位先生女士：

今天我们在北大聚集一堂，参加 2001 年度北京大学中流与喜马拉雅研究奖助金、韩静远哲学教育研究奖助金颁奖会。这是一个令人愉快的时刻。我谨以一名获奖教师的身份发言，向中流文教基金会、喜马拉雅研究发展基金会表示衷心的感谢。

这些基金会多年来孜孜不倦，竭尽努力，设立多项奖助金支持从事人文学科和社会科学研究的北京大学教师和学生，其影响不仅在于每个获奖者和获奖项目得到了具体帮助和预期的成果，也不仅限于北京大学人文学科和社会科学研究因此而得到了促进，而且更在于如下两个方面。首先，社会科学的理论研究和人文学科研究并非只是象牙塔内的学者自赏的孤芳，而且也是一项社会性的事业，可以和应当得到社会的支持，而这反过来也加强了这两个领域学者的社会责任感。其次，中流文教基金会、喜马拉雅研究发展基金会等令人尊敬的基金会所从事的工作，揭示了中国大陆人文学科和社会科学的支持体系改革的方向。中国大陆长期实行的主要由政府资助人文学科和社会科学研究的制度在今天社会开放、思想多元化的市场经济局面下，不仅越来越不合理，而且也日趋左支右绌，滋生出许多弊端。民间基金资助应当成为

① 本文是 2002 年 5 月 16 日在"北京大学中流与喜马拉雅研究奖助金、韩静远教育奖助金颁奖仪式"上的发言。

中国大陆人文学科和社会科学研究支持体系的础石，这样，不仅资助来源多样化，从而使这些领域的基础的、理论的研究有可能得到更多支持，同时也有利于促进这些领域的研究项目和研究者之间的平等对话和公平竞争。在这样一个形势之下，人文学科和社会科学，尤其它的基础理论研究，才可能真正成为社会的一项共同事业，才能蓬勃发展，茁壮成长。

此次我获奖的课题是"启蒙的前景"。这原本是我长期思考的问题，现在得到资助，它便有更好的条件得到充分的研究，因而有望形成积极的成果。

启蒙原是中国文化传统的基本要素，是中国人文精神的核心。从教育和大学的角度来看，启蒙也是中国教育的基本职责和主要功能。但是自近代以来，启蒙在西方思想和文化的影响之下嬗变为一个全新的概念，近代中国历史成了以启蒙为前导的演进过程，中国观念、中国社会、中国文化在由启蒙为标志的各种运动之中经受了种种消极或积极的变迁。今天，人们在反思中国近现代大起大落的历史事件时，虽然也曾反思和批判用来启蒙的主义、观念和制度，却几乎没有对启蒙本身进行反思，尤其缺乏对自西方泊来的现代启蒙观念进行深入、全面的反思和批判。事实上，正是对于启蒙本身的误解，才使各种专制的、族类主义的和其他反人类的思想和行动大行其道。这就提出了对启蒙本身进行彻底分析的任务，以便揭示其中的各种理论的和经验的联系。

中国的人文精神、中国历史、中国社会以及中国的国家观念，与西方原本有着根本的不同，简单地采用西方的既有观念或理论来解释中国的文化和历史，已经趋于失败；简单地采用某种西方的观念和理论来为中国人启蒙，同样给中国人民和社会带来了巨大的灾难。与此同理，试图简单地采用西方的观念和理论来为中国的未来发展制定规则和描画蓝图，也是不可行的。但是，这并不等于说中国无需启蒙了。启蒙仍然是中国人民的一个基本的思想义务。不过，作为学者，我们的职责还包括从根本上来分析启蒙的内在结构和可能的维度，指出它的各种可能的前景，从而可以至少从理论上瞻望中国的未来与世界其他部分的未来的可能区别和联系。在当代的世界，要保持自己本身独立的文化而又不抱残守缺，就必须奠立自己独立的基本观念以及建立为这些基本观念做论证的理论学说。

从观念本原和理论基础上重新讨论和批判既有启蒙学说，以求对启蒙有真正的了解，可以说是朝向上述目标的一种努力。而让我感到特别高兴的是，我的这一学术研究的计划和尝试得到了海峡对岸中国人的支持。

谢谢大家。

通向新思想的路是自己走出来的
——《判断力批判》研究课收场白①

　　现在我们上课。这是整个康德《判断力批判》研究课的最后一次课。

　　到今天为止，我们通过研究课的方式，终于把一本西方哲学史上相当重要的著作，从头到尾地研读了一遍——我希望是每个同学都从头到尾读了一遍。这里肯定会有程度的不同，有些同学不仅读了中文版的、英文版的，可能还对照读了德文版的某些段落。自然，有些同学可能没把全书读完。其中有各种各样的情况，有些章节落掉了没读。不过，无论如何，这门课我们坚持到现在，从开头到现在，也并不是很容易的。杨勇是后来的，是不是？比如，有一些听课的同学坚持了一段时间，坚持不下去了，那么就走掉了。

　　我已经多次说过，我们上一门课读一本书，从头到尾把西方哲学史上的一本名著读一遍，并不是件容易的事情。尤其在一门研究课上，我们不仅要阅读，还要做研究报告；发言，更不是一件容易的事情。因为实际上现在有很多课程并没有这么大的一个负担。上课，简单去听听就好了。有些老师上课，开始的时候也想做一个 Seminar——研究课，但是他们可能心太好了，或许觉得

　　①　本收场白于 2004 年 12 月 28 日讲于北京大学外国哲学所 227 室，刘莹珠根据录音整理成文字。在整理稿的基础上，作者对全文做了必要的调整和修订。本文曾发表于《云南大学学报》2006 年第 6 期。编者对原文略有修订。这里刊出的是原文。

同学负担太重，或者觉得给的压力太大，逐渐就变成了老师唱独角戏的课，参与的同学就不再做报告了。这门课我一开始就明确宣布要这样做，不接受的就请退出，所以就给大家带来了很大的压力。但是，我觉得这种压力是非常必要的，因为在座的除了南星以外，都是研究生——或者是硕士研究生，或者是博士研究生——都需要有从事研究的压力。南星也应该算半个研究生，因为他已经选修了研究性的课程。

《判断力批判》研究的课程已经上完了，我现在要对这个课程稍微做一些总结，这样就要谈到一个重要的问题。在开课之初讲这个课程的性质时，我说它是一个研究课。研究课，我们知道，这种形式最早是在德国产生出来的，是在洪堡建议设立的柏林大学出现的一种新的课程形式，它是洪堡教学与学术研究相结合原则的体现。柏林大学就是现在的洪堡大学的前身。先前大学的课程并不是以这样的形式来开的。到现在，研究课成为西方大学的主要课程形式。在美国，在德国，本科生高年级学生所上的课的主要形式就是研究课。在德国，学生听大课，也就是说听所谓的讲演课（Vorlesung），是没有学分的。老师开一门讲演课，你爱去不去，爱听不听。只有上这种研究课才是有学分的，要获得学分的基本条件就是你必须做报告，提交一篇论文。不做报告，不写论文，就不能拿到 Schein——学分证明。学生上一门研究课，做了报告，提交了论文，当然要有一定质量，就可以拿到一个证明。他必须攒够一定的学分证明之后，才可以做硕士论文。所以，在德国大学有许多学生因为攒不够这个证明——因为他写不出论文，或者写不出好的论文，最后就无法去申请硕士学位；就像我以前说过的那样，一些人混到 30 岁左右，什么也不是，就离开学校了，因为 2001 年前德国大学没有学士学位。

那么研究课重要在哪里呢？在西方的大学里，我们不用说他们的学术，人文学科也好，社会学科也好，或者其他各种各样的教育方式也好，仅仅就研究课本身而言，它就是一个非常独特的方式，非常重要的方法。我们中国的古人说教学相长，这自然是指教师跟学生之间的关系。研究课实际上对教师也是非常有益的。

不仅如此，教师跟学生同时进行研究，这就是一种促进，而且不单单是促进，它也要求教师去做深入的研究。虽然在课程中，教师的主要工作是指导性的，但你当然不能什么都不知道——这样的话，这个课也就开不出来。相反，它要求教师必须有足够的准备，比如，对原著的深入的理解，对相关知识有充分的或者很好的了解。因为，在讨论课上，同学提的问题并没有讲义的限制，可以来自四面八方，教师必须能够给出自己的回答，即使不一定能给出一个明确的答案——实际上要求老师对每个问题给出唯一的答案也是不可能的。但是，有许多基本的知识你必须知道，必须了解，你要有充分的准备；而且你必须自己做研究，必须要有自己的观点。

我这里想要强调的一点是，一个大学——大家都在大学里，都应该了解大学——必须有三项要素。哪三项呢？大学首先当然要有教师。大学的第二项要素非常重要：要有同学，好的同学。第三项要素就是大学的环境，大学的氛围。为什么自学考试跟正式大学不能相比？为什么很多人愿意上北京大学？上北京大学除了有好的教师以外，还有很好的同学，这或许是更重要的一个方面。这几年在北大流行的一句话说，一流的学生，二流的老师，三流的管理。我们姑且不论这句话是否全部正确，但是，北大确实有二、三流的老师，也确实有一流的学生——虽然未必都是一流的，但有很多是一流的。同学之间在学术上的彼此交流，相互批评，尤其是年轻学生之间毫无保留的、直接的批评，这对一个好的大学来说是一个非常重要的因素。上一所优秀的大学，优秀的同学跟优秀的教师同样重要。同学之间彼此的交往会导致许多新的想法、观念的产生，这些想法和观念或者是学术上的，或者是学术以外关于这个世界的其他生活层面的。我们看到，在西方很多杰出的科学家和学者的重要研究是在学生时代就奠定了基础的，这种氛围就起了相当大的作用。

研究课就使这一层面的积极因素充分地发挥了出来。我们围绕一个问题进行研究和讨论。当然倘若某一次没有问题，即便随意交谈也是可以的，也能达到相互启发和促进的作用。不过，我们的研究课围绕《判断力批判》，让同学，不同专业、不同学科的同学，就这本著作中的专业问题，进行互相交流和切磋。

就我自己的学习经历来说，让我受启发最多的就是硕士研究生和博士研究生期间的同学，尤其是后者。在北大念硕士研究生期间，我们住在 29 楼——这座楼还在，还没拆掉——不同专业的人都住在一起。这样，经常与其他专业的同学交流，历史的、中文的、英语的、国政的和法律的，聊天啊，讨论啊，有时争得面红耳赤，甚至气急败坏。读博士研究生期间，当时在社科院一个年级所有专业的同学都编在一个班里——那时博士研究生数量很少，有研究经济的——现在中国有名的左派经济学家和右派经济学家那时在宿舍楼道里就开始争论了——有研究国际政治的、有研究历史的、有研究文学的。总之，各种学科背景、各种不同的观点在这里碰撞交融。这样一种环境就提供了开阔视野的条件，非常开阔的学术视野，你讨论问题、思考问题就要考虑不同领域、不同学科的情况。

我们阅读哲学著作，如果单单注意书本上的内容，甚至只是其中的部分问题或内容。长此以往，我们的视野和思路就会很狭窄，甚至越来越狭窄。哲学当然是理论的东西，有它自己的问题，但是它在相当大的程度上是要来解释自然科学、社会科学和人文学科的边缘性问题。这是一些基本的问题，人类精神上的根本性的要求。这些问题，这些要求，不是某一门学科所能解决的。当哲学面临这些问题时，实际上就没有一个单纯的哲学态度、哲学方法，虽然你要有哲学的视野，但必须同时对其他学科，对相关的知识有相当的了解。哲学问题在相当大的程度上是由其他学科产生出来的，或者一些问题最后归结为哲学问题。所以，没有比较宽广的知识基础，你就很难理解一个哲学问题的真正意义，当然你的思路也就难以拓得很宽。反之，你对哲学和哲学问题的了解就会更加深入和扎实，它们不再是一种孤零零的灰色问题。我们研究《判断力批判》不是也有同样的经历吗？

我们这个课就有这样的优势，参加的同学虽然主要是学哲学的，但属于不同的专业，而其背景又涉及不同的学科和领域。据我了解，现在不同学科、不同领域的研究生，平时学术上的相互交流并不多。而在这门课里面，我们围绕康德的《判断力批判》进行研究，来自不同专业的研究生，在讨论问题时还带着各自的学科背景。如果你是认真阅读了这本著作的，认真做了准备的，认真听了同学的发言的，那么我想，这会对你的理解、研究有很大的启发和促进作用。

通过一门研究课，也就是通过有计划的阅读、研究、写论文，大家彼此讨论所学到、所获得的东西，跟你自己一个人看书所学到的东西，收益是不一样的。这一点不知道大家有多深的体会？如果大家也有这样的体会，并且是清楚的体会，那么这门课就算达到了初步的目的，有了它的成果。虽然在这门课之后，你未必把《判断力批判》的内容从头至尾全部记住了，我也不可能要求参与者做到这一点，这不是我们的目的——做到这一点也很难。但是，你阅读了这本书之后，就能理解康德的一些基本观点和命题，并且能思考一些其他的相关问题，更深刻的问题，更广阔的问题。或者康德说的一些话，提出的一些观点，所做的一些论证，能够成为你以后思考的一个背景，或者为你以后做其他研究提供某种启发——不仅仅是知识的，也不仅仅是观点的，而且也包括方法的内容。那么，这就是我们的成果，而且是跟掌握康德的著作一样重要的成果。尽管我在这里强调我们主要是读康德原著，但哲学的问题不可能是这样单一的和单纯的，你读康德的书不可能不联想到别的问题。我们在读康德时往往要想到别的问题，正因如此，我才强调要围绕康德的文本来参与这门课。否则的话，这门研究课就会变成一个漫谈。自然，现在我们大家还没有达到胡塞尔的那个水平，他读几章几节《纯粹理性批判》就会有许多想法喷涌而出，就去写成一本书来。实际上，即便我们读《判断力批判》，读康德的其他书，读任何伟大哲学家的著作，也总会想起其他的问题。我之所以强调大家要集中在文本上，是因为它让我们产生联想的思想实在太多。在我们这个哲学学科里面，有这样一些人，书没读多少，只是在整天地联想。他的联想太多了，而这种联想又不是胡塞尔那样深刻的思想，是有分析和论证的——深刻的思想是以深入的思索为基础的，以扎实的知识为基础的。他们喜欢"大"问题，但这些"大"问题没有文本的基础，没有对实际的社会生活的具体经验和反思，也不是出于对科学知识所揭示的世界的某种考虑，并且，这些"大"问题中的大多数是人们早就提出来的，而且是以更为明确、更为清楚的语言提出来的。这是我对这门课程所要做的第一点总结。

现在讲第二点。除了南星以外，大家都是研究生。南星是半个研究生，因为他是元培计划实验班的学生。元培计划如果按照真正的通识教育的思想来办的话，那么它也就要重视学生的研究。研究生自然就更要从事研究。研究生整天就在那里听课，听的都是 Vorlesung——讲演课；而且也只是听听而已，既不写论文，也不发言——也就是不研究。我们能够说，这样的学生是研究生吗？研究生不是来接受知识，至少不是简单地来接受知识的，而是要通过研究来获得掌握知识的方法。为什么要写论文，做报告？就是让你来发表你的初步研究成果。研究课就是通过一门课，一个特定的题目，一定的方式，来训练大家做研究，或者说，为大家提供练习做研究的场所。人文学科、社会科学的这种课程与自然科学的实验课在性质上是相似的，或者说一样的。一个好的自然科学的老师总是要让学生做前沿的研究，当然也包括基础的研究，本科生可能偏重于后者。但是，研究生应该从事前沿的某个方面的实验和研究。尽职的教师不应当让你总是重复过去的东西。

哲学，属于人文学科，它有许多需要研究的经典。经典研究是人文学科研究的基本功课，同时也是前沿性的研究。以经典著作为对象的研究课，是要你自己来研究这个经典著作。教师在这里起的是指导性的作用。一涉及到经典的文本，康德怎么说的，在哪本书上说的，在哪一章哪一节说，前后语境如何，老师应该知道得多一点，研究得深入一点。但是如果说到做评价、做分析，他跟任何一个同学都处在平等的地位。这一点是非常要紧的。所谓学术是天下公器，就是说每个人在学术面前都是平等的，并没有什么人是当然的权威。研究课就是破除教师当然权威的一种形式，这就是说，教师也必须为自己的观点做出论证。通过研究课这样一种教学方式，你不仅能够形成自己的观点和接受知识的方式，重要的是你能够——如果你将来以学术作为自己的事业的话，用韦伯的话来说，"以学术为业"——形成一套自己的思想方式。这个方式虽然不一定像大哲学家一样，但也是用自己的基本思路和框架来接受知识，从事研究，把它们放在思想体系中相应的位置里。这样，你的哲学思考才是普遍性的，才是有特点的，才是生动而活泼的，而不会像一些中药柜子那样，知识和观点是分门别类地放在不同的匣子里面的——这种知识对哲学来说没有多大意义。就是考古的知识，就是鉴赏文物的知识，也是跟其他的内容相关联的，形成综合性的联系的，而不是完全单一的，像放在中药柜子里面那样彼此隔绝的。

学哲学，但却不能说、不能写、不能做证明，不能把哲学跟其他的知识做比较，不能从哲学的角度来考虑和研究各种可能的问题，那么你所学的哲学实际上等于什么也没有。这一点同样非常重要。我们研究课的另一个作用就是要通过阅读、研究和讨论，让同学养成说、写、分析和论证的能力，或者加强和改善这些能力。我想，大家对这一点要有充分的理解。有些同学可能理解、领会这一点，但另一些同学有时候可能没有领会到这一点，不理解。有时候在课堂上，我对同学的发言或观点很直接地提出一些批评，因为我认为他说得不正确，不准确，或者没有证明。这样，可能有些同学接受不了，因为觉得我的做法过于严厉。其实，师生间的讨论是平等的，我的批评是完全从我个人的角度提出来的，我不同意你的观点，你完全可以来反驳，提出反批评。当然这个反驳不应该是情绪化的，而应当是学术性的。这一点我想大家如果都能够理解，那么这也就是课程的另一个目的和成果了。

这里我还要说到另外一点。这就是，大家实际上都知道上大学是来学习的，但是，学习什么？有人说来学习知识，也有人说来学习秩序，如此等等。这些观点，我想，从某个角度来说可能是对的，但从另外一个角度看并不完全正确。实际上像北京大学这样一种大学，并不应当让学生在这里单单学习知识。从一开始，它就应当创造一种环境来引导学生在接受知识的同时了解知识是如何创造出来的，或者换一个说话，训练学生养成或发挥一些基本的能力和素质，培养学生找到发现新知识的途径。

人类社会发展到今天，我们已经大致了解了既有的知识是以何种方式被创造出来的，但是未来的新知识会怎样被产生出来，我们不知道；也没有什么权威能够告诉我们，一种新知识会如何被产生出来，一个新观点会是如何形成的。正因为如此，大学教育应该是开放的，从本科阶段开始就应该具有研究性的初步内容。这就是洪堡的原则，学术研究与教学相结合。事实上，有许多东西是教师也不知道的。所以，我想教师教给学生的有两类东西：一类是他知道的知识，那些已经发现的知识，不需要学生直接去探索和发现了；还有一类也是他应当知道的，这就是哪些素质、哪些前提和哪些方法对于发现新知识是必不可少的。教师能够告诉你们的只能是这些内容，而具体怎么样去发现新知识，没有人能够告诉你；教师如果能告诉你，他自己就可以将它发现出来了。比如，我知道一种新的物理学理论是怎样的，我自己直接把它写出来就好了，不用麻烦比如刘莹珠去把它发现出来。

为什么要强调这一点？就是因为在我们的大学里面，包括北大在内，有很多教师以为自己在告诉学生或者能够告诉学生如何去求得新知识的具体途径。不仅在人文学科、社会科学领域是这样，在自然科学领域也大有这样的人在。现在不是有很多学术研究、科学研究的工程吗？但是，科学上的发现实际上根本不是一种工程。工程是你知道一件事情怎样可以做出来，比如造一个大楼，你就可以经过设计或者说按照方案非常确定地把这个大楼造出来。然而，要发现一点儿比如力学的新知识、一个新的原理并不容易，你并不是一开始就知道通往最后一步的道路的；如果知道的话，我们可以很确定地把它做出来，无论花多少时间，准备多少材料，最终的结果会是相当肯定的，因为所有的步骤都是清楚的。所以，学术研究、科学研究是探索，因为即便你所要走的路径也是要在过程之中摸索的。这一点也说明了研究课的重要性：为了训练、练习学术探索的能力，我们需要培养一些基本的素质。

我们一方面在接受既有的知识，同时又在为发现、探索新的知识做准备，哪怕这新的知识非常微小。这是我们共同探索的一个过程。这个过程对于有志于从事学术的同学的重要性是不言而喻的。自然，也有很多同学将来不一定从事学术，对他们来说，这门研究课程里所受的训练并不是为将来如何探索、发现新的知识做准备；然而这样一种训练，阅读、分析、论证和辩论的综合训练对未来的与智力有关的生涯，或者生涯之中与智力有关的方面也是大有帮助的。能够发现问题、解决问题的人，才是适应现代社会生活的积极的人才。

我在这里顺便要提到的是，在学术领域，无论是人文学科与社会科学，还是自然科学，都有一些权威存在。而所谓权威是指对既有知识的权威，绝对不可能是未来知识的权威。他们讲的那些东西是他们已经获得的知识，而别人也是能够知道的。他们不可能是对未来的、还在探索的、还需发现的知识的权威。了解这一点，领会其中的意义，对你们的学术生涯和其他生涯很重要。就教育理论而言，这一点也有重要意义。我们已经看到并且经常感叹，西方伟大的学者很多都在相当年轻的时候就取得了研究的巨大成功，例如，爱因斯坦发现相对论时也才 20 多岁。自然科学界有一句流行语：过了 30 岁没有发现什么新东西的话，你就没什么希望了。这跟人文学科与社会科学领域的情况还不太一样。我举出这个例子，只是想说明，学术权威，包括科学上的权威，仅仅是对既有的知识而言的。许多院士是权威，但也仅仅是既有知识的权威，现在已经不太可能发现新的知识什么的了。他们做出发现与发明是在还不是院士的时候，可能是在二三十岁的时候。在哲学领域中，我以为情况也是这样，哲学领域所谓的权威也是对现有知识的权威，不可能是对未来新的知识的权威。这些话的意义在哪里呢？你要领会什么呢？你将来可以成为权威，而权威意谓着你能提出新的思想、观点。当然一旦你完成了你的发现和创造，你也就变成了过去知识的权威。因此，每一个想以学术为生涯的人，在精神上，在单纯学术的范围内会发现，学术领域并不存在任何在实质意义上妨碍你发现新知识、建立新思想的权威。你可以通过自己的努力产生出新的观点，提出新思想来。

　　当然，新的知识新的思想有大有小。在哲学里头，你能就某个文本、某个观点提出一种新的解释、推翻一种既有的观点，都是很困难的，如果按照现代西方公认的学术标准而言更是如此。因为按照现代西方公认的学术标准，别人说过的东西，你都不能随便再说，说了你就要注明是转述别人的观点；你不注明就有剽窃的嫌疑。你一旦剽窃，白纸黑字，也就意味着学术生涯的完结。在座的诸位，作为北大学生，还有人大的学生，将来是中国学术的栋梁，千万不要向这个低标准看齐，我们要向高标准看齐。中国社会尚在发展之中，一切都有改变的希望。一个人、一个民族、一个国家要获得尊严，无论是学术的尊严，还是其他方面的尊严，就必须对自己树立高的标准，虽然这个道路会比较艰难，比较漫长。

　　在这里，我可以给大家讲一个例子。前两天我在日本认识的一个教授，他是中国人，来到北京，我们见面后他跟我说了一件事情，一件让他非常生气的事情。他是研究清末民初中西学术交流的概念史的。他出版了几本著作。他发现国内出版的一本书跟他的著作的内容很类似，说起来书的作者还是一个很有名的学者。这位作者在书中就采用了这位日本教授的许多观点和成果。当然其中也有是注明出处的引用，但很有技巧的。比如引了某一句话，注明出处；然后就是大段地复述这位教授的观点和成果，不再注明出处。就学术规范而言，如果这位作者认为自己的观点和成果是新的，那么他就应该说明这是他自己的新观点新成果。如果没有新观点和新成果的话，我认识的这位日本教授就说，这本书是没有什么意义的。他在日本任教多年，遵循一套严格的学术规范。这就是一个很典型的有比较意义的例子。当然，按照国内的情况，退一步说，介绍既有成果的书也是有意义的，不过也需要注明出处和来源。没有一个公认的严格的学术标准，大家也不遵守什么学术标准，这使得中国学术声誉在西方相当低。人们现在经常重写什么什么史，什么什么原理，但是有没有新的发现、新的观点？如果没有，你又写它干什么？理由当然是大家清楚的，这就是我们中国的学术水平不能提高的一个重要原因。

我们知道，我国有一个非常大的历史断代研究工程。它的一份初步报告发表之后，美国汉学家就发表文章说，这个报告将被国际学术界"撕成碎片"。为什么？除了一些学术上的漏洞和硬伤之外，这份报告中的某些核心观点是国际学术界早有人提出来的，但报告将它们当作自己的成果而不注明，不引证——这在国内自然是司空见惯的事情，但在国际学术界就行不通。然而学术是天下公器，不是巫术，是要由大家来求证和检验的，不是关起门来自说自话就可以，就有效的。

现在再回到研究课的问题上来。讲到新的知识，讲到知识的创造，我们不知道一个新的知识是将会怎么被发现的，尽管在我们中国有太多的人以为自己知道新的知识新的思想是会如何被发现的。大家可以去看我写的一篇文章《牵一发而动全身》里面引的哈佛大学现任校长萨默斯[①]在北大的一次讲演，题目就是"什么叫世界一流大学"。他讲演的主题之一就是阐述上面那个观点。我的看法跟他是一致的。当然他的观点也不是新的，我的观点也不是新的，都来源于前人的思想。不过，我在那篇文章和其他的文章里就此也做了一些新的阐释。诚然，我们也知道，发现新的知识，提出一些新的观点和思想需要一些素质。它们是一些必要而非充分的条件，这就是说你具有了这些素质并不一定能发现新的知识，提出新的观点，在学术上取得创造性的成果，但是缺乏这些素质就肯定不能够发现新的知识，提出新的观点，在学术上取得创造性的成果。

那么这样一些素质是什么呢？第一个就是专注。研究一个学术课题，必须长期地关注，专心致志于这个问题，这是一个基本的要求，也是非常难以做到的。因为许多人会觉得很枯燥、单调。所谓"板凳要坐十年冷"，就是关于这一点的传统的说法——它固然有不太全面的地方，但也包含和体现了这样一个精神。"板凳要坐十年冷，文章不写半句空。"要坐得住，但光坐得住并不足够，因为譬如你坐了十年冷板凳，今天弄弄这个问题，明天弄弄那个

---

① 2006年萨默斯辞去哈佛大学校长一职。

问题，每一个问题你都没有长期的关注，没有资料的日积月累、问题集中的深入思考，那也是很难得到什么结果的。大家或许都知道康德的情形。康德从前批判时期到批判时期，在大约13年的过渡时期里，除了一篇教授就职论文之外，就写了3篇文章。而那篇就职论文，本来也就是批判哲学一些基本的初步设想。这是哲学史上最经典的例子。当他决定动手写作的时候，他的整个批判哲学已经成竹在胸了。所以在他57岁之后，构成批判哲学大厦的著作一部接着一部撰写出来。当然，《判断力批判》中的有些观点跟《纯粹理性批判》，跟《实践理性批判》会有些不同，有所变化，然而，其内在的基本思想却是相当地一致的。这是他13年来形而上学的沉思的结果。什么是沉思？沉思就是深思默想，反复思索。这不是说他什么东西也没有写，他写了大量的手稿。这是准备，是沉思的记录。德国哲学家、思想家，都有这种令人佩服的沉思的专注。据说，黑格尔有一次思考一个问题在窗口站了整整一夜。他也很注意将自己随时所得的想法记下来，所以总是随带一个小本子。这种专注也就是认真，不过是认真的最高境界。从较广的视野来看，思想的专注实际上也就是对事业专注的一个方面，而这对于事业的成就来说，尤其对于学术这样的精神性的工作来说，是至关重要的。

深入地思考一个问题，大家可能都会有这样的经验，是非常困难、非常痛苦的事情。记得我们当年读博士做论文的时候，许多人都像半疯了一样，因为我们大都住在一层楼里面，我看他是这样的，他看我也是这样的。这种半痴迷的状态或者来自于专注，或者来自于搜索枯肠不得的手足无措。

对我们现在所处的这个时代来讲，专注于一个学术问题，深思，可能就更加困难。这是一个暴发的时代，变化太快，似乎机会很多；人们浮躁，因为他们想立刻就看到结果。于是，人们往往可以用各种不同的手段来获得一些东西。有一个我经常举的例子。很多人都羡慕博士的头衔，都想要这个头衔，但是想省略掉做博士研究的艰苦过程，于是，八仙过海，各显神通。诺贝尔奖在我们国家也很受人羡慕和追捧，只是有些人希望拿到诺贝尔奖而省掉起初那个完全不确定的、艰苦的创造性的工作。如果诺贝尔奖能够用钱买到的话，那么我们国家就会是世界上拥有最多诺贝尔奖获得者的地方。当然，如果情况是这样的话，诺贝尔奖也就毫无意义了。不过无论如何，这对任何真正想专注于学术的人都是一个巨大的外在压力。

还有一个素质就是勇气。就我们这个课程来说，在座的同学能够坚持下来，那么其中至少一些人在学术上或在其他相关方向有自己的追求和自己的目标的。就此而论，你们除了专注以外，还需要勇气。我反复说，思想是有自己的力量的，思想也需要勇气。那么学术的勇气，思想的勇气是什么呢？你要有能够辛勤地从事研究工作的勇气，这是一种勇气；还要有敢于对一切事情持批判态度的勇气。这种批判的态度是双向的。为什么说是双向的呢？你要有对一切事情持批判态度的勇气，不是单单你去批判别人——当然在我们这个社会里，公开进行学术批评的人很少，尽管私下里批评别人是人们所乐意做的事情，而且你还要有勇气去接受别人的批评。就像我们的研究课那样，相互批评。批评别人的观点当然是相对容易的，接受别人的批评就不那么好受了。但是，实际上批评别人也不是那么容易的。大家去看一下，我们国家有那么多的杂志，几乎都刊载书评，可是有几个书评是批评性的？然后大家到我们系的资料室去看一下，那里有很多英文的、其他外文的杂志，你去看看其中的书评又有哪一篇是没有批评性的意见的？你们如果发现其中有一篇书评是没有批评性的文字的，请来告诉我，以便修正我的观点。在这些严肃的学术刊物上的所有书评，大都有 2/3 左右的是批评性的文字。所以，对他人的学术批评也正是体现勇气的地方——当然批评是对学术而不对人。私下里说别人不好，当然没有多大的风险，似乎人人都有这个勇气，除了真是小心谨慎到了极点的人——文人相轻通常就表现在这一点上。但是真正要将批评付诸文字，而且必须是一种学术批评，不是叫骂，那么就需要真正的学术勇气。我们现在所看到的情况是，严肃的、正派的学术批评虽然缺乏，叫骂、互相攻击的事情倒是不少见。后者不能算是学术的勇气。

　　学术勇气的另一个层面，就是敢于提出自己的观点。没有这种勇气，你自己就很难养成较高的学术品味、标准，自然也就难以成为一个创造性的学者。这里关涉权威，但权威的问题刚才我已经分析过了，这里不用再赘述了。可以补充的一句是，对权威的态度，涉及你对他人的严肃的学术判断，也涉及对自己的严肃的判断，包括对自己以及对他人的学术批判。这里牵涉到学术自信，它也是与勇气相关的一个素质。

　　除了勇气，还需要有特立独行的精神。这一点也是基本的素质。这就是说，你必须始终寻求自己的道路，要找自己的方式。这一点对在座的许多同学来说是一个已经开始在做的事情，因为你们是博士研究生。你到了博士研究生的阶段还能够跟在别人后面跑？我不是说样样都要跟别人不一样，而是在基本的方面，这就是你自己的题目的基本观点，无论看起来是多么的小，必须是独特的。博士研究生是从事研究工作的，而照我们国家的学位条例，博士研究论文必须是原创性的工作。那么，你就必须寻求自己的道路，保持自己的学术观点的独立性。不是为了不同而不同，而是保持一种创造性的精神，以及批判的精神。通过学术批判、讨论来求得自己的独立的观点、思想。我想，这一点的重要性是不言而喻的。它也有两方面的意义。这并不等于说每个人都要创造出一个独立的体系，实际上情况刚好相反，对绝大多数的博士研究生来说，要提出独立的观点、思想，往往就限制你、迫使你去做一个非常小的、具体的问题，因为大问题或者是你暂时没有能力，或者已经是既有的知识、观点和思想了，别人都已经说过了。通常的情况是，在一个很小的问题上才能做出一些新东西。我们国家有的学者批评西方人老做犄角旮旯里东西的研究。这个批评当然一方面可以理解为我们有宏大的气魄，另一方面却也说明批评的人可能没有意识到人家这样做就是因为要提出新的观点，因为他们了解那些宏大的内容人家都说过了，就没有必要再去说，除非你写教科书。按照西方的学术规范，学术成果的意义，它的有效性就在于新的东西。这样，你如果不能做成宏大的东西，不能创立一个体系或者发现一个新的理论、新的学说，就只能研究一个比较细小而有限制的题目，能够出新成果的东西。我想，西方现代学术，包括科学的整体成就，就是由这样许许多多具体的、细致的研究撑起来的。它们学术的整体水平，并非某一天由某个人突发奇想创造出一个宏大的体系而一下子拔地而起的。即便像康德这样具有原创性的思想家，像爱因斯坦这样具有原创性的科学家，也完全不是从哲学的、科学的空地上建立起他们的理论的，而是有无数的其他哲学家、科学家的工作为他们的前导的。

我们还要再回到研究课这个形式本身上来，因为它在我们北大并非是一个固定的教学形式。在这种教学方式上，我们跟西方大学有着很大差距。大家自己可以去看一看。会德文的可以到德国大学的网站去看一看，课程是如何分类的；会英文的到美国的大学或其他国家的大学的网站上去看一看。这就是说，我们大家一起上的这个研究课在中国是一种新的教学方式，它是体制外的东西。那么，这就有如何来对待这个制度的问题。

从整体上来说，中国大学的改革还有一个更为困难的任务。大家都知道我们北大进行了改革，不过，这个改革只是改革了大学制度的一个方面，有一点点进步，但还有很多方面没有触动，还面临很多困难，甚至是巨大的困难。我刚才所说的严重的问题就是学生在大学里的位置的问题。你们在大学里是什么样的位置？有什么样的权利？又有什么样的责任？这个问题还没有怎么被涉及。你们总是被保护的，或者是被管理的。我为什么要提到这个问题？因为北大有的教授说，学生到大学里是来学习秩序的。我不这样认为，我认为我们同学来到北大，无论在教学方面也好，还是在整个学校的其他活动方面也好，都不是简单地来学习什么秩序的。当然首先你们得要接受这个秩序，这样才能被录取；但是当你们进入北大之后，你们会发现这个既有秩序的问题，教学方面也好，大学的其他方面也好，管理制度也好，都会产生改善现有的秩序的念头，并产生某种新秩序的想法。这应当是非常积极的倾向和态度。这是一个开放的时代，这是一个改革的时代。这不仅对社会来说是如此，对学生来说，对我们的教学制度、教学方式来说，尤其如此。就我们的研究课所表明的那样，教和学的秩序也是在改革和建立之中，实际上现在所有的秩序都不是可以简单地接受和学习的。在中国现行大学制度受到严厉批评，人们关于大学制度改革的意见分歧巨大的现状之下，简单地说到大学里来学习既有的秩序，是有误导作用的。对北大的学生来说，固然需要了解这个秩序，但是更为重要的是要有责任来改善现有的制度。我们的研究课也可以算是这样一种努力。你们中的一些人将来要到大学任教，也就同样负有这样的责任。

以上就是我对于我们这门课的性质、方法所做的一些总结。我这个总结没有怎么涉及《判断力批判》本身的问题，同学们的发言和讨论，这就有点像在读《判断力批判》这本著作时所遇到的情况。在美学专业的同学看来，或者在许多其他人看来，《判断力批判》是一部美学的著作，可是康德一开始没有讲美学的问题，最后也没讲美学的问题。我这个关于"《判断力批判》研究课"的总结一开始没有怎么谈《判断力批判》的问题，最后似乎也好像不想谈这部批判以及课程的事情。不过，最后我还是得讲几句，还是要讲到美学，因为美的东西毕竟吸引人，爱"美"之心人皆有之嘛。所以每年研究生招生，美学专业总是有很多的考生。许多人以为读美学专业就是来学美的，研究美的东西的。当然，这门课上到今天，我们大家就已经知道这是两件不同的事情。很有审美意识、很有审美的直觉的人并不一定有审美理论的知识，也就是说并不能够解释审美是如何可能的；而很有理论的人，能够很好地解释审美是如何可能的人也并不一定有那种美的直觉，不是康德所说的那种天才。美学教授也可以是很丑的，这是一个经验的事实。但是无论如何，我们简单地说，说到康德，或者说到一般的审美，人类从有历史记载开始到现在，从来不是以别的方式，而总是以审美的方式生存着的，基本上找不到不以审美的方式来生活的人，就是说，跟这个生存方式完全相反的现象是找不到的。当然，我们说人的生活方式有的是很丑的。但是关键是你怎么来看。因为有些东西，我们觉得不美，或者说没有惬意之感产生出来，他人却以为很美。比如说我看一些人的穿戴和打扮，他们唱的歌，尤其他们跟着歌星成千上万人摇来晃去那种做法，就觉得奇怪而丑，但那些人觉得很美。他们跟着歌星或者什么星挥舞那种荧光棒、充气棒，挥得很有劲，看起来觉得很潇洒，很有一种满足感，这就是惬意，他们在证明惬意的普遍性，于是康德的理论就可以为他们说话了。

我想，就这一点而论，我们日常的生活肯定是以审美的方式过着的，至少是包含审美的因素的。但是我们学者的职责，当然是要研究这个现象，如果遵循康德的思路，那么就要研究审美是怎么可能的问题，而主要不是追求怎样以审美的方式生活。不过，我要强调一点，审美的判断，或者通俗地说，对美的感觉，这样一种东西是蕴涵在人的本性里面的，是人的一种自然的倾向，而这一点正是《判断力批判》所要研究的、所关切的问题。这是康德的关切，是他最深刻的关切中的一个。

因此，审美的和艺术的现象是普遍的现象，它并不会因为历史、文化、民族和宗教的差异而有重大的差别，尽管这个现象在其表现特点上会言人人殊。有时候这种现象会让你产生触目惊心的对比。2001 年我再次去参观罗浮宫时，是从一个边门进去的。一进门后就是非洲馆。那些非洲的原始的、素朴的、狂野的、夸张的黑色木质雕塑，对你造成的第一个印象就是冲击，这与古代馆里那些希腊的石质雕塑，形成极大的反差，在你心灵里造成非常强烈的震撼。但是，它们都是艺术，都是审美的产物，尽管那些作者的思想观念、生活环境与方式，作品的质料与具体内容相去甚远。康德要解释审美是如何可能的，从根本上来说，他就是要解释这样的现象在理性之中的根源。审美的和艺术的活动是一种普遍的现象，你或许可以说那些非洲木雕是不美的，古希腊的那些石雕是美的，或者反过来也一样，然而，它们都是审美的产物。所以，差别只是在于你如何来鉴赏，如何来理解，在于你采用了什么样的风格，什么样的表现方式；而不在于它们是不是审美判断的产物。

再进一步说，整部《判断力批判》也是这样。《判断力批判》在今天依然受到重视，甚至还出现了研究的小小高潮，为什么呢？因为这本著作让人们在康德哲学里面看到了一些别样的内容，别样的希望。在康德那里，自然规律是普遍必然的，道德法则只有一条，也是必然的。于是，自然界就是机械的和必然的。虽然在道德领域里康德说人是自由的，但是你自由的意志是让你去服从一个必然的法则，只能这样做，除此以外，你的行为就是不道德的；你当然有别的选择，但那样的行为是不道德的。所以，康德的道德法则包含着某种很强烈的否定性态度。那样一来，人的生活也就有机械性的嫌疑了，因为康德虽然断定人的意志是自由的，但是实际上只是规定了一种道德生活的方式。于是，依照这种法则行动的人类社会就会是一个非常严肃的、严峻的、必然的、机械的世界——这个词不是在康德的意义上来用的。

而在《判断力批判》中，康德给我们提供了另外一种图景，审美的、多样性的世界。这是一种生活的多种可能性的图景。康德承认，我们对这个自然，对人的生活，可以采取一种别样的观察方式，用另外一种方式，一种特定的判断方式来感受它。我们由此可以产生一种满足感、审美的愉快；我们还可以有崇高的感觉，同时对自然怀着一种敬畏的心理。《判断力批判》就是要来解释这样一件事情、这样一些现象。他同时也要探讨对这个自然、对人的生活的多样性的领会的可能性。不同的能力，不同的原理，不同的领域，于是，人的性质也就具有了多样性了。这一点对理解人类社会的发展，或者说历史的演变，就具有重要的意义。这个意义就包括文明和教化，这就是 Bildung，人是可以通过教育改变的。这就与启蒙思想的另一个核心观点相关联了。人是怎么样的？人并不是单单通过自然的法则、道德法则生活的。仅有这两个领域，人类的文明是不完整的。人类的文明是在多样化的过程中向前发展的。在这里，文明与文化是同一个词，这就是 Kultur。教育，或者一般地说，教化就是在这样一个多样化的现实中才能实现的。这就是 20 世纪下半叶以来很多哲学家、思想家重视康德《判断力批判》的一个主要的原因，一种理论的根据；或者说他们从中发现了这样一层意义，领会到了其中包含的这样一些意义。

到现在为止，我们把《判断力批判》从头到尾读了一遍。我刚才说了，我们可能有三个收获。一个就是对康德著作、对康德思想的了解。这种了解并不是指你能从第一节背到第九十一节，或者说其中所有的内容都记得清清楚楚，每一个命题、每一个原理你都记得非常清楚；而是指你了解和掌握了一些基本的原理、基本的命题，康德讨论的基本问题，康德是如何就此做分析和论证的；第二，另一种收获是通过阅读这本书，你想到了其他的一些问题，或者审美的，或者目的论的，或者神学的，或者道德的，你开始对这些问题感兴趣，开始思考它们；第三，还有一种收获可能是在以后才体现出来的，当你在从事别的学习、研究时，你会想到《判断力批判》，康德说过这个问题，那么你那时可能对这个《判断力批判》会有新的理解。如果你今后继续研究，继续思考，那么你会从这门课程受惠的这样一个收获，就是大体上可以确定的。如果你毕业后不再从事研究，就如我前面所说的那样，也会有所收益，在你的工作中，在你遇到其他事情而需要反思时，你会想到康德所讲过的话，他的分析——这主要是一种精神上的、观念上的启发。我希望，仅仅就《判断力批判》研究本身而言，你们会有这三方面的收获。

我们整个课程到现在就要结束了，我现在讲一讲成绩的事情。成绩是根据你的报告、课堂发言和期末论文来评定的。你们的期末论文必须在下学期开学两周之内就交给我，我就可以根据上述三个部分的情况打出成绩，你们就能够得到学分。否则，开学两周之后成绩录入就会有麻烦。

最后谢谢大家坚持到今天！好，我们下课。

2006 年 7 月 30 日修订于北京魏公村听风阁

访谈篇

中国大学制度改革：我们清楚
我们的目的和原则吗？[①]

轰轰烈烈的北大人事制度改革在中国掀起了一场对中国大学制度改革的热烈讨论。作为这场改革的亲历者，北京大学哲学系教授、博士生导师韩水法从 1997 年起就开始关注中国大学的改革，并一直撰文，以专业研究的态度深入思考着中国大学的制度改革。2002、2003、2005 年，他先后在《读书》杂志上发表了《谁想要一流大学》、《牵一发而动全身》、《世上已无蔡元培》三篇文章，笔触尖锐，鞭辟入里，从学术的角度深刻剖析着中国大学的改革路径。基于此，为了更直接地了解这样一位学者对中国大学改革的看法，《大学周刊》的记者对韩教授作了专访。

关 注 大 学

《大学周刊》：您在 2002 年写过一篇文章《谁想要一流大学》，2003 年写了《牵一发而动全身》，2005 年您又写了《世上已无蔡元培》，您是从什么时候开始一直关注大学问题的？

韩：我很早就关注这个问题了。第一篇文章是 1998 年发表

---

① 本篇访谈发表在《科学时报·大学周刊》第 233 期（2006 年 6 月 27 日）。

的，实际上写于 1997 年，原稿是给我们校长的一个建议。《谁想要一流大学》的一些思想就是那篇文章里的。后来比较观念性的东西有两篇文章：一篇是发表在《哲学门》2003 年第一期上的《批判的人文主义与大学观念》；一篇是《人文学科与大学教育》，在网上传播，没有正式发表。《批判的人文主义与大学观念》中的一部分内容就是从那篇文章里面来的。《读书》上发的三篇文章，主要是谈技术层面的问题，比如该采取什么措施、需要什么制度等等。在此之前，在当时北京的一份报纸《中国合作新报》上，我也发了几篇小文章。2002 年参加《中国社会科学》杂志的一个学科制度座谈会，发言稿整理后发在当年《中国社会科学》第三期上，题目是"大学制度与学科发展"。

《大学周刊》：在中国大学里的有识之士想到这个问题之前，您已经想到了，是什么促使您有这样一种思考的呢？

韩：这有几个方面的原因。第一，我一直在大学里面，在北大上学，在北大教书。第二，我到世界上其他国家的大学——主要是西方大学——也走了走，看了看。第三，我是做德国哲学研究的，在理论和哲学史两方面的研究中，都会涉及到大学这个问题。

首先，有什么样的哲学观念，就有什么样的大学观念。有很多哲学家、思想家都谈到大学问题，像马克斯·韦伯、康德等——我是专门研究康德、马克斯·韦伯的。还有雅斯贝尔斯等人，他们都谈到了大学问题。第一所现代大学——柏林大学——的校长就是德国哲学家费希特。洪堡也是哲学家、人文主义者。他们的一些观点非常可取，这不免就让我们来对照中国大学的现实来思考它们的意义。

其次，现代的整个学科体系与大学制度是完全一致的。现代大学建立起来之后，才有了现在大学里的种种学科。在此之前的欧洲大学很封闭，没有现在这么多的学科，四大学院以传授教条的东西为主。而洪堡建立的现代大学，是以学术研究为主，培养研究性的精英人才，这里有很多不同的思想，理性主义、人文主义和古希腊的思想；而旧大学按照基督教教条培养的人是千篇一律的。在19世纪之前，有许多科学家和学者不在大学里头，这就是说，大学不是以学术研究为主，或者说，还不是学术研究的中心。19世纪以来，那些诺贝尔奖获得者，那些奠定了19世纪末和20世纪的科学观念的人，像爱因斯坦等人，基本上是在大学工作的。人文学科和社会科学领域的重要人物，情况或许更是如此。

《大学周刊》：除了学术研究方面的原因，还有什么原因促使您思考大学的改革问题？

韩：对现代社会来说，对现代国家来说，大学太重要了。一个民族的精神高度完全取决于大学；大学的学术研究水平、思想自由的程度有多高，你的民族精神的高度就有多高。套用现在比较流行的话，你的"软力量"基本上取决于你的大学的水平，不可能靠别的方面，别的方面不能奠定一个民族的精神层面的力量。没有精神层面的力量，物质层面的力量也是无法强大起来的。所谓的精神层面，就是指思想、知识和技术等的综合。我们的大学制度不改革，领先的水平永远也达不到。领导人再怎么重视，再怎么拨钱，也是没有用的——这不仅仅是钱的问题。

当然，我自己在大学里面看到了太多的不合理现象——明显的不合理现象，司空见惯的不合理现象，这也是我关心和思考大学制度的直接原因。

走错了棋的大学改革

《大学周刊》：您在《牵一发而动全身》里面也说过北大的改革，您认为从教师聘任和晋升的制度入手是走错了棋，首先应该从教师的权利、民主这些方面改革。在《世上已无蔡元培》里您又提到，北大改革的结局让人很不满意。这是因为走错了棋，还是因为其他深层次原因？

韩：我在《牵一发而动全身》里面已经讲了，这个改革确实很难，但是大学本身也不是完全没有空间的。《世上已无蔡元培》里也说了，我们的大学是不独立的，所以对于有些制度的改革，主管部门会反对。尽管这样，在大学里面，领导人如果有点魄力的话，有些事还是可以做的，比如说教师制度从整体上设计得更合理、更公平、更透明一点，院系的构架安排得更合理一些。

《大学周刊》：我们现在大学的院系结构有什么问题？

韩：现在院系结构越改越复杂。西方的大学制度都在合理化，大学越庞大，结构就越简单、合理、透明。西方大学内部一般是三个层次，甚至是两个层次的，我们现在已经有四个层次，甚至五个层次。事实上，多一个层次，效率就大大降低，官僚主义就更加厉害。

在德国，学院大体是虚的，系是实的；在美国，虽然在有文理学院的综合性大学里面，院是一个实体的行政单位，但与我们这里的作用是大不一样的，比如要负责所有本科生的教学。一般来说，系才是一个基本而独立的学术单位，有学术自由，能讨论各种各样的问题。法国曾经做过一次改革，把所有大学以系为单位拆开重组，拼成新的大学，新的大学照样能运转而不受影响。这个例子说明，作为一个自主的、独立的学术基本单位，系的作用是非常重要的。

现在国内大学的一个趋势就是扩张学院，或者将系提升为学院，或者将原先的系虚化——而在基础学科领域，将系虚化会有很大的问题。于是，中国大学越改革，学校内部的管理层次就越多，从教研室、系、院、学部到大学，有五个层次。管理部门的改革，也是这样。问题的关键在于，大学学术单位的改革以什么为原则，要达到什么目的？简单地说，这些改革对于建立现代大学制度，是不是合理的？

《大学周刊》：现在大学的改革是不是也有很多不合理的地方？

韩：合理性是要通过目的来衡量的。比如，更好地产生新的知识和思想就是一种目的，更好地控制大学、教师和学生，也是一种目的。这两个目的就是有冲突的。如果对照前一种目的，我们现在的有些改革可以说是向着更不合理的方向发展。当然也有一些合理的改革，比如教师的收入提高了一点，但依然有许多完全在学校权力范围内的事情，没有人做，也没有人想去做。比如，如何为教授提供更好的辅助服务，让他们免除琐碎的事情。德国的教授有全职的或计时的秘书，可帮助处理各种杂务。但在我们这里，教授在最有能力、最有实力、最能干活和出活的时候，通常是没有这种服务的。

《大学周刊》：蔡元培说过大学应该有三个原则：1. 独立自主；2. 教学、学术独立；3. 有让教学、学术独立的社会政治环境。您在文章中说如果没有这三个原则，大学的现代化就很难完成。

韩：是的，不可能完成的。你就会总是跟在人家后面跑。比如用比我们自己的教授高几倍至十几倍的钱去请一个什么什么奖获得者坐在那里，能够造就高水平的学术吗？他们曾经创造了新观念、新知识、新思想，得到了荣誉；但是对一个要创世界一流的大学来说，应该创造条件，在他们年轻力壮、能够有创造性成果、做出创造性发明的时候，就可以把他们请过来，或者使自己的大学能够出现这样的人物，这才是要做的事情。一流大学不是荣誉院，把功成名就而做不成什么事情的人，或不做什么事情的人请来，没有多大意义。实际上每个大学也是有自己改革的余地的，使大学教师等制度更宽松、更合理、更公开，但看起来没有什么人会在这里花大力气。

法 治 之 路

《大学周刊》：但现在的行政体制要改很难，您认为现在大学的出路到底在哪里呢？

韩：这是最难回答也是最难解决的问题。这需要整个社会的法治，实际上，法治就是更加公开，更加开放。洪堡说过一句话，非常重要："国家绝不应指望大学同政府的眼前利益直接联系起来；却应相信大学若能完成它们的真正使命，则不仅能为政府眼前的任务服务而已，还会使大学在学术上不断地提高，从而不断地开创更广阔的事业基地，并且使人力物力得以发挥更大的功用，其成效是远非政府近前布置所能意料的。"政府既办大学，又要让大学自由发展，那么大学所能创造出来的成就要远远大于政府直接干预的情况——德国大学本身就是例子。19 世纪初，当时有人说，德国的大学落后英法 200 年。但是，柏林大学建立之后 50 年，德国大学就木秀于林了。如果说更长一点，也就不到 100 年的时间，从落后其他国家 200 年而达到其他国家远远不能赶上的高度。德国在哲学、物理学、数学、医学、社会学、政治学、经济学等等领域产生了那么多伟大的科学家、思想家，正是这些科学家和思想家奠定了现代科学、哲学的基本观念、思想。

《大学周刊》：那您认为在目前的行政体制之下，在技术层面和操作层面上大学应该怎么样去做？

韩：很多事情的关键是观念怎么样突破现实。在现在这样一个体制下，为什么非要把大学变成一个行政机构的从属单位？既然依法治国，就可以主要通过法律制度来管理大学。大学已经是法人了，就让它成为真正的法人。现在提倡改善执政能力，就不能说一种管理方式就是对的，另一种管理方式就是错的。

学 生 制 度

《大学周刊》：具体来说大学制度应该怎么去做，教学应该怎么去做？

韩：原先我计划就大学问题写三篇文章。第一篇讲教师制度，《谁想要世界一流大学》说的就是这个问题，第二篇讲大学行政制度，这在《牵一发而动全身》、《世上已无蔡元培》里面已经讲到了。大学制度依赖于社会的基本制度。在一个比较开放、自由的社会里面，大学制度不一定就是好的，但是如果社会是不开放、不自由的，大学制度必定好不了。第三篇是要写学生制度，包括考试制度。比如，现在的研究生入学考试制度，真是弊病丛生。像美国那种录取制度，就非常合理。读研究生不用再做专业考试，考一个 GRE，或者再有 TOFFLE，加上自述、大学成绩、推荐书，可以投很多学校。然后学校根据你的综合成绩、素质来筛选。大学成绩自然长期有效，一个 GRE 可以用五年，今年不行明年还可以再投，学生省了多少麻烦、时间和精力！我们这里的考试让那些最有创造力的年轻人，整天去复习大学学习过的内容，背那些无聊的内容，浪费精力、浪费时间、浪费金钱。想一想，如果美国的大学录取研究生也像我们这样考试，不要说别的，就说博士考试吧，有几个学生能够付得起到美国去考试的路费？再加上复试什么的，有几个学生能够到美国去留学？如果不考虑语言等方面的困难，"考"美国大学的研究生真是比考中国大学的研究生要容易得多。

比较一下，你就会看到，什么是好的录取制度了。中国人本来很聪明，大学的优秀生源的基数又那么大，又有几千年的文化和重视教育的传统，为什么难出创造性的人物？现在大学的教学方式、考试方式，似乎有很多是专门要压制、扼杀学生的创造性、自主的能力的，这就是原因之一。

《大学周刊》：现在很多人都非常关注研究生学制改革，您对这个问题怎么看？

韩：应该实行完全的学分制。学分修满，硕士论文、博士论文做好，答辩通过就可以毕业了。比如，博士生学习，聪明、用功的人，三年就可以毕业，不那么用功的人，或者碰到其他困难的，五年毕业也可以。通常来说，人文学科、社会科学的博士研究总是要长一些，因为很多知识要积累。这在德国和美国都差不多，读人文、社会科学的博士，差不多要六年到八年；自然科学短一点。

校 长 之 责

《大学周刊》：对大学来说，校长是一个非常重要的关键人物，比如中国大学"五四"时期有蔡元培。但是现在，很多人都说我们的大学校长没有自己的治学理念，您怎么看待这种观点？

韩：他们有理念，但是或许多数人经过权衡以后，觉得还是不要有自己的理念为好，就在可能的情况下做一点。在有些方面，校长们大概也是很为难的，甚至有点可怜。有些校长很做了一些让人赞赏的事情。但是我们还是缺乏一种机制，中国大学校长有强势和弱势之分，校长强势以后，决策程序也要透明、公开，也要经得起讨论。一所大学，有些事情是不能随便做的，而现在随便做的事情太多了。现代大学制度也遵循合理性原则，经过反复讨论、周密设计而建立起来的制度、安排，是不可以随便改动，更不要说破坏了。而我们这里，今天高兴成立一个系，拆一堵墙，明天不高兴了又拆一个系，再筑一堵墙。这固然说明我们在改革，另一方面则说明根本缺乏合理的、周密的分析、研究和规划；缺乏必要的制度约束。大家知道这种现象叫什么。

《大学周刊》：我们大学的校长现在能做些什么事情？

韩：我认为要真正地实现蔡元培那几个原则，确实是比较难的，但大学校长可以做很多微观制度的、技术层面的事情。比如建立完全的学分制，建立从本科生到研究生的统一的课程制度；将大学学术管理体制合理化，大学各种决策、办事程序更加透明；又如像我在《牵一发而动全身》里说的，建立一个总的、完善的教师制度，规定教师有什么权利和义务，相应的程序，如此等等。在《世上已无蔡元培》里，我也说到校长们的外在束缚，他们的难处。不过，中国知识分子的历来传统是礼义廉耻，传统社会里面的宰相还有辞官的，皇帝还有下"罪己昭"的，大学校长也可以辞职的。不过，在现在的情况下，我觉得还是多做事，少辞职为好。

法治与自由

《大学周刊》：您在文章中说中国知识分子受到束缚，这个束缚人的制度一旦去掉，他们的创造力就会极大的发挥出来。其实现在大学里的教授也有很多自由，但是仍有很多人像您在《世上已无蔡元培》里说到的，学术道德、学术标准都已经丧失。那么在这个制度改变了之后，给了你学术自由、研究自由，会不会有人滥用自由？

韩：自由意味着什么，意味着教授可以组成各种团体，而这类团体有自己的学术、道德的要求，有自律；自由意味着学生可以组成团体，保护自己的利益。所以我在《世上已无蔡元培》里说，学术自由意味着教授会受到更多的批评，在学术规范方面受到更多的外在约束。自由意味着学校为了自己的荣誉，可以剔除没有学术操守的教授，哪怕你再有名也可以开除。

自由意味着大学之间需要公平和公开的竞争，因此也就有更多更全面的彼此监督。既然一流不是靠行政决定的，那么公开的学术批评就会大起作用。美国的大学制度是最自由的，大学之间的竞争在世界上也是最激烈的，所以它们现在也是最厉害的，钱也最多。与此同时，美国大学对教授学术操守的要求也在最高的一档。

我们必须明白，在现代社会，自由总是与法治联系一起的。自由薄弱的社会，必定就是法治薄弱的社会。

他 山 之 石

《大学周刊》：您刚才提到美国和欧洲大学的一些不同，在这两种大学制度之间，您更倾向于哪一个？

韩：我现在比较倾向于美国的大学制度。我 2000、2001 年在德国的时候，参加了很多场大学改革的辩论会。一个中心话题就是：德国大学要不要学习美国。这个话题本身对德国人就是一个很大的打击，因为现代大学制度是由德国人创建起来的。美国现代大学制度形成之初，校长们都是到德国去学习、取经的，比如约翰·霍普金斯大学完全是仿照德国大学模式建立起来的。但是，现在德国大学也要学美国的了。德国大学现在存在很多的问题，简单来说，与美国大学相比，不那么自主，缺乏活力和效力，缺乏经费，成果少。

《大学周刊》：美国的大学制度就没有问题吗？

韩：美国的制度当然也有问题，比如，人文主义观念就没有德国大学强。就人文学科和社会科学的教育来说，在德国大学里面，一个社会科学、人文学科的硕士研究生都要同时学两三个专业。综合性的、跨多个学科的大思想家、大学者，德国出的就比美国多。美国的本科教育是通识教育，但研究生教育比起德国来，就显得专门化、单一化了。现代学科的发展，一方面的趋势是不断分化，学科更加专门化，另外一方面的趋势是更加综合化，新的学科、新的领域常常就涉及多学科的知识、方法和手段。因此，相对于德国而言，兼通多学科的综合性的教育模式，尤其在人文学科和社会科学领域，可能是美国大学的弱点。体系性的思想、理论是人类需要的，大思想家也是人类需要的。人类并不是只需要零碎的、片断的知识。比如，美国许多著名的哲学家，现在只写论文，写不出著作了。

根 本 问 题

《大学周刊》：纵观整个教育现状，您认为目前教育中最大的问题是什么？

韩：中国教育最大的问题不是别的，就是缺乏对人的基本尊重的观念。煤矿不断地爆炸，不断地死人，矿主前赴后继地促成此类灾难，他们有过恻隐之心吗？那么多冷酷无情的杀手，残害十几条、几十条生命；那么多排放有毒污水的企业，导致那么多人得癌症和其他绝症死亡；多少政府官员对于人民的生命、疾苦冷漠无情，如此等等，你到网站、报纸上看看，触目皆是，触目惊心。这些人都是从我们的小学、中学或大学里毕业出来的！可是，在他们心里，毫无对人的基本尊重的观念。再想想孔夫子的"仁者爱人"的思想——这原来是可以普遍化的！从小学到大学，是否要培养学生树立一个观念：无条件地尊重人？我想，这是我们教育的最大问题。我们谈爱国，但是连对同胞的基本尊重都没有，爱国从那里做起？所以，从小学一年级开始就要培养对人的尊重的观念，最重要的不是先分好人还是坏人，而是要有对人的基本尊重。你不一定要做好事，帮助他人，但是你要尊重他人；保护自己自然也很对，很重要，但这与要与人为善、尊重别人，并不矛盾。无条件地尊重人，这是最基本的。我们的教育提出的要求太高，而我们行动的标准又太低。

这个基本要求其实也是现代大学原则的基础，理性主义、人文主义都是建立这个基础上的。所以，可以做这样一个简单的总结：大学制度的改革，无论是教师制度的改革，管理制度的改革，还是学生制度的改革，一个基本目的，一条基本原则，一个根本的基础，就是尊重人。

采访人：胡荣堃、刘艳萍

整个学生制度都需要改革[①]

继清华大学陈丹青教授辞职之后，北大法学院教授贺卫方在网上发表《关于本人暂停招收硕士生的声明——致北大法学院暨校研究生院负责同志的公开信》，使研究生考试制度再次成为人们关注的事情。同是北大教师的哲学系韩水法教授，接受了本报记者的采访。

"所有的学生制度都要改革"

"贺卫方事件本身体现了我们研究生考试制度的深层问题。这里可以有两个极端，一个就是完全由导师自己出专业题目，这就可能出现交通大学事件那种情况。这种情况就是招收学生完全按照导师的标准和想法，甚至完全出于教师的私利。为了防止这样的可能性，也就有可能出现另一个极端：统一命题、统一考试、统一阅卷，看起来有一个客观的标准，也'要求'考生的基础比较宽一些。但这样一来，学生学术上的特点、特长就难以展现出来，可能挑不到合适的学生。这就是我们考试制度特有的困境，而且实在是在我们现行制度解决不了的困境。在这样的情况下，

---

① 这原是《人民政协报》实习记者胡荣垫的采访稿，但因故没有全文发表，其中的少数内容为《人民政协报》2005 年 8 月 1 日的一篇新闻稿所采用。

· 170 ·

只有招和不招两种选择。因此，就像当年为了维护'地心说'一样，为了维护这个制度，做了很多补充，除了统一考试以外，还有面试，面试里头又分口试、笔试，结果无非是让学生参加更多的考试，做更多的试卷。教授也有了更多的活要干：既批改试卷，又要进行口试，再改面试卷。坐在办公室里的人虽然花样不断，问题依然解决不了。要想突破这个困境，整个的学生制度，从本科生制度到研究生制度、从学习制度到考试、录取制度，都要改革。"

"教授没有权力"

"教授没有多少权力——这件事很说明问题。我们的大学教师制度与西方现代的大学制度大不一样。在现代大学制度里，考试、录取、教学、学位授予、学术职称的晋升等等，属于教授的权力范围。我们这里，教授没有明确的、独立的权利和权力，没有形成学术共同体的基本的能力；行政部门怎么想就怎么做，差不多没有制约，也不用承担任何责任。一个教授有不同意见有什么用？教授在大学里面不是一种组织起来的力量，所以对学校的制度、学术标准方面的发言权实际上是很小的。很明显，这里面涉及巨大的利益。这是我们大学落后的根本原因之一。"

"从职能、利益等方面来看，大学里有三个群体，一种是教授，一种是学生，一种是行政人员，这三个团体的利益是不一致的，是有冲突的。但是，大学的核心制度是教师制度，其他两个制度是围绕教师制度建立起来的。从整个大学的历史来看，学生之所以选择某一所大学，是因为那里有一群具有特色的教师。当然，这并不是说，教师制度不必针对学生团体或行政团体做适当的调整。教师制度是围绕知识创造和传授的要求建立起来的，这就是实质。"

"这绝不仅仅是一个招生制度问题，它的
背后就是整个的大学制度"

"对贺卫方的做法，我所看到的各种各样议论，视野都嫌窄了一点，仅仅在上面提到的困境里面找出路，没有从更大的、比较的视野来看一看。这绝不仅仅是一个招生制度问题，它的背后就是整个的大学制度，因此我们必须认识到，要改变的是整个大学制度中不合理的因素。我们办大学究竟要做什么？是新知识、新思想和能够创造新知识、新思想的人才，还是那个教授的头衔，那个学位、毕业证明？"

"他的做法本身——停招，并不一定是最好的办法，但能让大家都知道、都讨论这件事情，都重视这个制度的问题，肯定是非常好的。不过，能从一个更广阔的视野来比较、来反思，当然更好。我们的大学制度有很多问题，单单让大家知道这些问题、揭露这些问题，就需要勇气和眼光，在某种意义上也要有影响力。但是，看到问题之后，不能头痛医头、脚痛医脚，要做整体考虑。头痛医头，脚痛医脚，其实是现行的制度愿意做的。"

"当然，大学制度改革是一个政治问题，需要各种各样政治力量之间的博弈和抗衡。我们国家还在建设民主和法治，很多东西做起来并不是那么容易，不是谁说改就能改。但是有的事情是必须做的，不做是不行的。大学制度是我们从人家那里搬来的，现在在我们不能提出更新更好的办法的情况下，在比人家落后得多的情况下，还得先学别人。如果一定要想搞自己的一套，而又不遵循现代大学制度的基本原则，结果就是弊病丛生，人家的缺点我们全有了，人家的优点我们基本没有。"

"国外有很多现成的好的制度"

"我向来认为，大学制度是我们从国外引入的，西方又发展出了很多好的制度，现成的，认真仔细分析一下，基本上可以把它搬过来，比如美国的研究生考试录取制度。当然会有适当的调整，但是先学好再创新。这里有两种倾向，一方面有人要过分追求西方的东西，比如用英语授课去中国化；另一方面差不多也就是同样一类人，又抵制西方的一些重要而优秀的制度，而要符合他们利益的中国特色。我认为，中国大学的课，除了英语专业，大可不必用英语讲，完全可以用汉语讲得很好——这是中国大学的政治、民族责任；但是，对西方好的制度却可以取拿来主义的态度。比如，在研究生制度方面，一个是能力测验，一个是建立一种信用制度。信用制度就是重视大学的成绩。现在，对研究生考试来说，大学的成绩等于说是全部作废；即使"保送"制度，大学基本上只相信自己学校的学生；据我所知，北大好一点，也要其他学校的保送生。如果美国大学也只相信自己学校学生成绩的话，中国绝大部分的留学生都去不了。美国大学都相信我们大学的成绩，为什么中国大学反倒不相信自己大学的成绩？另一个是能力测验。这样，选择就很容易了，基本能力必须达到一定水平，然后看大学的成绩。比如在贺卫方这件事上，就可以在基本能力的基础上参看学生大学成绩，以及其他相关的材料，学生不用这样的考试，他也不用'停招'——今年没有合适人选，明年再招。这样就走出那种两难选择了。为什么不愿意建立这样一种制度？有美国几十万中国留学生在，任何一种反对理由都是站不住脚的。美国能吸引其他国家的优秀人才不是靠个别领导、个别教授的慧眼，是靠他们合理的遴选、录取制度。但现在很多大学宁愿花大力气引进人才，却不愿在制度引进方面下工夫。我们要想想，究竟是要引进或者建立一个自己不断产生人才、产生新的知识的制度，还是要维持一个不断地去引进由人家的制度创造出来的知识、人才的制度？"

有些人总是愿意要西方好的制度的产品，而不要产生这种好产品的好制度。

"北大还是能够容忍一些特立独行的教师"

谈到北大教师对此的反应，韩教授告诉记者："教授整天很忙，见面的机会很少，碰到了可能会聊一聊，但不会深入地讨论，也没有这样的机制。贺卫方是比较敢说话、敢作敢为的人，也有理想；很多人则司空见惯了，还有人唯恐自己招不到学生，拼命降低录取条件。大家都忙得一塌糊涂，想想就完了，不是说了没用吗？还是再按照老路走吧。——不过，这也只是我的观察。北大教师都很忙，彼此的联系并不是很多，因此我不敢说，有多少人这样想。学校行政部门在给教师增加各种各样的工作，比如博士从录取到毕业，除了上课，大的程序就有五个：考试、口试、中期考试、预答辩、答辩；行政部门好像从来没有计算过一个教师在合理的工作量内，是否能够认真地做完这些事情？比如看一篇博士论文要多少时间？更不用说，教师还需要相当多的时间来从事研究，创造性的思想和知识，要在相当从容、相当宽松的环境下才可能产生。"

当问到贺卫方教授会不会因此受到不公正待遇时，韩教授肯定地说："北大不会这样做。不招就不招，他还可以招博士研究生，一两年不招，以后也可以招。到现在为止，北大还是能够容忍特立独行的教师的，这是一直以来的一个优势，也是许多人喜欢北大的原因。虽然北大可能没有给你提供好的服务和条件，但通常情况下也不会难为你。这也就是在北大只要肯做学问、肯吃点苦，还是能够做出一些事情的原因，也是出一些人才，出一些有名的科学家、学者、教授的原因。有些学校不仅不提供服务和条件，还很乐意难为你；有些学校能够提供好的服务和条件，但是要难为、限制你。不过，最好的制度是既提供好的服务和条件，又给你一个相当大的自由的空间。取上不行，在中国高校里面，北大能够取其中，应该是所有可能性中最好的情况了。"

后　　记

　　北京大学出版社教育出版中心愿意将我历年写就的论述大学的文章付梓出版，我要致以谢忱。姚成龙和周志刚两位编辑为此书的出版所付出的努力，我要表示衷心的感谢。

　　本书部分成果得到"北京市教育科学'十一五'规划2007年度资助经费类重点课题"的资助，特此感谢。

2008年4月18日记于北京魏公村听风阁